# 新火盗改鬼与力



鳥羽 亮

角川文庫
21304

目次

# 第一章　七人の賊

## 1

「すこし早いが、店仕舞いしましょう」

番頭の栄蔵は、店内の客が途絶えたのを見て、そばにいた手代の茂三郎に声をかけた。激しい風が吹いていた。強風が表通りを吹き抜ける音と、店の脇の掛看板を揺らす音が耳を聾するほどに聞こえてくる。

まだ、暮れ六ツ（午後六時）の鐘は鳴らなかったが、曇天のせいか店内は薄暗かった。それに、近所の店も店仕舞いを始めたらしく、表戸をしめる音が風音のなかにかすかに聞こえてきた。

そこは、薬種屋の川澄屋だった。庇に掛かっている屋根看板には、「喜応丸　川澄屋」と書いてあった。喜応丸は川澄屋で売り出した薬であろう。

川澄屋は、日本橋本石町三丁目の表通り沿いにあった。薬種屋としては大きな店の方だが、あまり目立たなかった。近くに、呉服屋や両替屋などの大きな店が並んでいたからである。

茂三郎は、各種の薬の入っている薬簞笥の前にいた小僧の長助に、「表戸を閉めてくれ」と声をかけた。すると、長助はすぐに立ち上がり、戸口に行って表の大戸を閉め始めた。

長助は、急いで大戸を閉めた。そして、最後の一枚を閉め終わると、猿を嵌めた。猿は戸の框に取り付け、敷居や柱の穴に差し込んで、しまりとする木片である。

「これで、戸締まりは済んだ」

そう呟いて、長助が売り場にもどろうとした。

そのとき、ふいに土間の隅に置いてあった空樽の陰から、男がひとりあらわれた。空樽は、店をひらいて商売をしているときに、店の脇に置くものである。空樽の上に板を置き、袋に入った薬種や格安の薬を並べて、通行人に売るのだ。

今日は風が強かったため、空樽は店仕舞いする一刻（二時間）ほど前に、店内に運び込まれ、土間の隅に置かれていたのだ。

空樽の陰から姿を見せたのは、町人だった。浅黒い顔をした男で、手拭いで頬っかむりしていた。二十代半ばであろうか。小袖を裾高に尻っ端折りし、黒股引を穿いていた。

「お、お客さま、どこに、いたのです」

長助が、目を剝いて訊いた。

「どこでも、いいじゃァねえか。それより、店をしめるのは早えぜ」

男はそう言うと、長助を押し退けるようにして大戸のそばに行き、猿を引き抜いた。

「困ります!」

長助は、慌てて大戸に駆け寄った。

そのとき、表戸があき、別の男が踏み込んできた。手拭いで頬っかむりし、紺の腰切半纏に黒股引姿だった。

長助が息を吞んで、その場に立ちすくんだ。

「入ってきな」

新たに入ってきた男が、戸口から声をかけた。すると、何人もの男が店のなかに押し入ってきた。

後続の男は五人――。いずれも、手拭いや黒布で頬っかむりして、顔を隠していた。長脇差を腰に帯びている者もいた。五人のうち、最後に入ってきたのは、武士らしかった。黒の頭巾をかぶり、小袖にたっつけ袴で二刀を帯びている。

武士が、一枚だけあいていた大戸をしめた。土間に立ったのは、先に入ったふたりをくわえて七人だった。

「ぬ、盗人！」

長助が声を震わせて言った。

このとき、川澄屋の店内には、五人の奉公人がいた。番頭の栄蔵、手代の茂三郎、小僧の長助、それに手代の弥之吉と小僧の清吉だった。五人は押し入ってきた七人の賊を見て、凍り付いたように身を硬くしたが、売り場の土間近くにいた弥之吉が、

「盗人が、押し入ってきた！」

と、悲鳴のような声を上げ、店の奥へ逃げようとした。

すると、武士が素早い動きで、売り場に飛び上がった。そして、刀を抜きざま、弥之吉の背後から横に一閃させた。

迅い！　神速の太刀捌きだった。その場にいた男たちの目には、横一文字にはしった稲妻のような閃光が、一瞬映じただけである。

切っ先が、弥之吉の腹の脇から背にかけて横に斬り裂いた。

次の瞬間、弥之吉の体が横に折れたように傾ぎ、その場にくずれるように転倒した。弥之吉は売り場の畳の上に腹這いに倒れた。腹から臓腑があふれ、上半身をよじるように動かし、呻き声とも悲鳴ともつかぬ声を漏らしている。

「とどめを刺してくれる」

武士がくぐもった声で言い、手にした刀で弥之吉の首を斬った。

弥之吉の首から、血が音をたてて噴出した。武士は切っ先で、首の血管を斬ったらしい。その場にいた栄蔵や奉公人たちは、息を呑み、紙のように蒼ざめた顔で身を顫わせていた。

「おとなしくしてれば、殺しゃァしねえ。おれたちは、殺しは嫌えだ」

大柄な男が言った。この男が頭目であろうか。頭らしい物言いである。

すると、大柄な男の脇にいた痩身の男が、

「縄をかけるぜ」

と、他の仲間に声をかけた。

武士と頭目らしい男を除いた五人が、その場で身を顫わせていた手代と小僧を後ろ手に縛り、猿轡をかました。番頭の栄蔵だけは、そのままだった。痩身の男が、脇差の切っ先を突き付けている。

店の外は風音がひびき、店の大戸をたたく音が絶え間なく聞こえていた。おそらく、店のなかの男たちの会話も弥之吉の呻き声も風音に掻き消されてしまって、近所の店の者にも聞こえないだろう。

頭目らしい男が、

「番頭か」

と、栄蔵に声をかけた。

そのとき、栄蔵の目に男の横顔がかすかに見えた。頰の辺りから顎にかけて、何かの痕があった。

「そ、そうです」

栄蔵が声を震わせて言った。

「店のあるじは、どこにいる」

「…………」

栄蔵は、戸惑うような顔をして口をつぐんでいた。

「言わなければ、家捜しするまでだが、見付け次第殺すぞ。いま、話せば、ここにいる奉公人たちと同じように、命は助けてやる」

頭目らしい男が、栄蔵を見すえて言った。

「に、二階に……」

栄蔵が声をつまらせて言った。

「家族は何人いる」

「よ、四人です」

栄蔵が、あるじの仁兵衛（にへえ）の名と女房、それに七つになる長男と五つの長女がいることを話した。

すると、頭目らしい男は、

「二階に行け」

と、そばにいた痩身の男に声をかけた。

痩身の男はその場にいたふたりの男を連れ、売り場の右手奥にあった階段にむかった。

## 2

痩身の男がふたりの男を連れて二階に上がって、小半刻（三十分）ほど経ったろうか。店の売り場の闇が、深くなっていた。その場にいた賊や奉公人たちの目が、闇のなかで青白くひかっている。

そのとき、二階から下りてくる足音が聞こえた。痩身の男が、ふたりの男を連れてもどってきた。

「親分、二階は片付きやした」

痩身の男が、二階にいたあるじ夫婦とふたりの子供を縛り、猿轡をかましてきたことを話した。

「そうか。殺さなかったのだな」

大柄な男が訊いた。やはり、この男が頭目らしい。

「へい」

「それでいい。おれたちは、殺生は嫌えだ」

頭目が言った。

あらためて、頭目が仲間たちに目をやり、

「いいころあいだ。龕灯に火を入れろ」

と、近くにいた賊のひとりに声をかけた。

声をかけられたのは、ずんぐりした体軀の男だった。男は龕灯を手にしたまま仲間に身を寄せ、「火を入れるぜ」と、小声で言った。

その龕灯は、木製だった。通常、龕灯は銅やブリキで釣鐘のような形の外枠を作り、なかに蠟燭を立てられるようにしてあった。懐中電灯のように、一方を照らすことのできる照明道具である。まれに桶で外枠を作ったものもあるが、男の手にした龕灯も木製だった。自分たちの手で作ったのかもしれない。

仲間のひとりが火打ち石を打って龕灯に火を点すと、闇につつまれていた店内の一方が、丸く照らし出された。

「番頭、金は内蔵だな」

頭目が念を押すように訊いた。

「は、はい」

栄蔵が声を震わせて答えた。

「内蔵の鍵を出せ」

頭目が栄蔵を見据えて言ったが、栄蔵は動かなかった。蒼ざめた顔で、身を顫わせている。

「番頭、鍵を出さなければ、二階からあるじを連れてきて、出させるだけだ。子供の首でも斬って見せれば、すぐに出す」

頭目の栄蔵を見すえた双眸が、龕灯の明かりを映じて赤くひかっている。

「番頭、鍵を出せ！」

頭目が語気を強めて言った。

番頭は体をふるわせながら、踵を返し、帳場机の後ろにあった小簞笥の引き出しをあけて鍵を取り出した。

「番頭、内蔵まで案内しろ」

頭目が声をかけた。

栄蔵は鍵を手にしたまま戸惑うような顔をして立っていたが、さらに頭目に促されると、帳場の脇の廊下に足をむけた。

栄蔵の後につづいたのは、龕灯を手にした男と痩身の男、それに売り場にいた別のふたりだった。痩身の男は、一味の兄貴格なのかもしれない。

頭目たち三人は、夜陰につつまれた売り場に残り、後ろ手に縛られた店の奉公人たちに目をやっている。

それから、半刻（一時間）ほど経ったろうか。帳場の脇の廊下に灯の色が見え、何人かの足音が聞こえた。内蔵にむかった番頭たちがもどってきたらしい。

龕灯の明かりのなかに、内蔵にむかった男たちの姿が見えた。ふたりの男が、千両箱を担いでいる。

頭目は千両箱を担いでいるふたりが帳場にもどると、千両箱を下ろすのを待って、

「どうだ、たんまりあったか」

と、瘦身の男に身を寄せて訊いた。

「へい、千二、三百両は、ありやしたぜ」

瘦身の男によると、ひとつの千両箱には小判がぎっしりつまり、もうひとつには、二、三百両入っていたという。

「思ったより、大金だな」

頭目が目を細めて言った。笑ったらしい。

そのとき、黙って頭目と瘦身の男のやり取りを聞いていた武士が、

「こやつらは、どうする」

と言って、縛られている奉公人たちに目をやった。

「このままでも構わねえ」

頭目が言った。

「おれたちを、目にしているぞ」

「なに、顔は見えねえ。それに、あっしのことは、いずれ知れやすからね」

頭目が嘯（うそぶ）くように言った。相手が武士なので、物言いがすこし丁寧である。

「このまま、引き上げるか」

武士が訊いた。

「ちょいと、待つことになりやす。まだ、五ツ（午後八時）ごろのはずでしてね。迂闊（うかつ）に外に出られねえんでさァ」

頭目は、そばにいた痩身の男に、

「外を覗（のぞ）いてみろ」

と、声をかけた。

すぐに、痩身の男は帳場の前から離れ、土間へ下りると、大戸の脇の一枚をすこしだけ開けて外を覗いた。そして、いっとき店の前の通りに目をやっていたが、大戸をしめて頭目のそばにもどってきた。

「すこし、風が収まってきやした。もうすこし、待った方がいいかもしれねえ」

痩身の男が、通りを歩いている男がいたことを言い添えた。

頭目はうなずき、「聞いたとおりだ」と言って、仲間たちに目をやった。

それから、七人の賊は一刻（二時間）ほども店内にとどまった。この間に、番頭の栄蔵に縄をかけ、奉公人たちもすぐに動けないように足を縛った。そして、表通

りに人影が途絶えたのを確認し、

「番頭、助かってよかったな。……おれたちは、人殺しじゃァねえ。殺されたやつは、運がなかったんだ」

頭目がそう言い残し、七人の賊は店の脇の大戸を一枚だけあけて外に出た。

3

「竜之介、起きなさい」

母親のせつが、寝ている雲井竜之介を揺り動かした。

竜之介は目をあけ、

「母上、何かありましたか」

と、眠い目を指先でこすりながら訊いた。

そこは、雲井家の屋敷の寝間だった。竜之介は、雲井家の嫡男である。

「変わったことは、何もないけど……。もう陽は高くなってますよ」

せつが、すこし間延びした声で言った。

せつは五十一歳。いつもおっとりして、物静かである。色白で、頬がふっくらしていた。若いときは、ほっそりした美人だったらしいが、いまは肥満体である。

「さァて、起きるか」

竜之介は、夜具から身を起こし、両手を突き上げて伸びをした。

外に面した障子に目をやると、白くかがやいていた。だいぶ、陽は高くなっている。五ツ（午前八時）を過ぎているかもしれない。

「竜之介も、そろそろ嫁をもらわないとね。いつまでも、母親のわたしに起こされているようではだめですよ」

「そのうち、もらいますよ」

竜之介は、三十がらみだった。まだ、独り身である。

竜之介は立ち上がり、寝間の隅に置いてある衣桁にかけてあった小袖を手にして着替え始めた。

せつは、竜之介の後ろ姿に目をやりながら、

「今日は、横田さまのお屋敷に行かないのかい」

と、小声で訊いた。

横田源太郎松房は、火付盗賊改方の御頭だった。竜之介は、横田の配下の火付盗賊改方の与力である。

横田の本来の身分は、将軍出陣のおりに先鋒（せんぽう）をつとめる御先手組（おさきてぐみ）、弓組の頭であった。御先手組は弓組と鉄砲組に分かれていたが、そのどちらかが火付盗賊改方の任にもついたのだ。加役（かやく）と呼ばれている。

竜之介の役柄は、召捕（めしとり）・廻（まわ）り方だった。主に、火付、盗賊、博奕（ばくち）にかかわる事件の探索と下手人の捕縛にあたっている。

「これから、行くつもりです」

火付盗賊改方の決められた役宅はなかった。そのため、横田家の屋敷を一部改装して役所として使っていたのだ。

「その前に、朝餉（あさげ）を食べておくれ」

「そうします」

竜之介は、小袖を着終え、

「父上は」

と、訊（き）いた。屋敷内に、父親のいる気配がないのだ。

父親の名は、孫兵衛（まごべえ）だった。孫兵衛は六年ほど前まで横田に仕え、御先手組与力として八十石を喰（は）んでいた。ところが、老齢を理由に隠居して、雲井家を竜之介に継がせたのである。

孫兵衛は還暦にちかい歳だが、矍鑠としていた。家にいることはすくなく、庭いじりをしたり、近所の碁敵の家に出かけたりしている。

「庭にいますよ。梅の枝が伸びたといって、朝から庭に出てます」

せつが、他人事のような物言いをした。

「顔でも洗ってきますか」

竜之介がそう言って、台所の方へ向かおうとしたとき、廊下を慌ただしげに歩く

足音がし、孫兵衛が顔を出した。いつになく、孫兵衛は慌てたような顔をしている。

「り、竜之介、起きていたか」

孫兵衛が、声をつまらせて言った。

「父上、どうしました」

竜之介が訊いた。せつも驚いたような顔をして、孫兵衛を見つめている。

「か、風間どのが来てるぞ。竜之介に、急ぎの用があるらしい」

風間柳太郎は、火盗改の同心で、召捕・廻り方だった。竜之介の配下で、いっし

ょに事件の探索にあたることが多かった。

「何かあったかな」

竜之介は急いで羽織に袖を通した。

「風間どのは、玄関で待っておる」

「すぐ行きます」

竜之介は座敷を出ると、玄関にむかった。後から、孫兵衛とせつがついてくる。

竜之介が玄関先に出ると、風間がひとりで待っていた。風間は二十代半ばだった。がっちりした体軀で、眉が濃く、頤が張っていた。剽悍そうな顔をしている。

「朝から、お騒がせします」

風間が、竜之介の背後にいる孫兵衛とせつに目をやって言った。

「何かあったのか」

竜之介が訊いた。

「盗賊が、押し入りました」

風間が、日本橋本石町の薬種屋、川澄屋に押し入ったことを話した。

「町方も、むかったのだな」

「そのようです。奉公人がひとり殺され、大金が奪われたと聞きました」

風間が、知り合いの岡っ引きから耳にしたことを話し、「賊のなかにいた武士らしい男に、奉公人が斬られたようです」と言い添えた。

「武士もいたのか」

竜之介は、行ってみるか、とつぶやき、

「これから、風間と川澄屋にむかいます」

と言って、背後に立っている孫兵衛とせつを振り返った。

「おまえ、朝餉は」

せつが、小声で訊いた。

竜之介は東の空に目をやり、

「そろそろ、昼餉（ひるげ）ですよ」

と言って、苦笑いを浮かべた。

## 4

竜之介が玄関から出て木戸門にむかうと、六助（ろくすけ）が顔を出し、

「旦那（だんな）さま、あっしもお供しやす」

と、言って、竜之介の後についてきた。

六助は、長年雲井家に仕える下男だった。還暦にちかい老齢で、髷（まげ）や鬢（びん）に白髪が目だつ。腰もすこしまがっていた。

「供はいらぬ。父上の手伝いでもしてくれ」

竜之介は、六助がいっしょに来ても足手纏いになるだけだと思った。

竜之介の住む屋敷は、御徒町にあった。通り沿いには、小身の旗本や御家人の屋敷がつづいている。

ふたりは表通りを南にむかい、神田川にかかる和泉橋のたもとに出た。そして、橋を渡り柳原通りを西にしばらく歩いてから、

「この道を行きましょう」

と、風間が言って、左手の通りに入った。

その通りを南にむかってしばらく歩くと、賑やかな表通りに出た。そこは、本石町四丁目である。

「こっちです」

風間が、先にたって西にむかった。

本石町三丁目に入って間もなく、風間が「あそこです」と言って、前方を指差した。土蔵造りの店の前に人だかりができていた。店の庇に掛かっている屋根看板に「喜応丸　川澄屋」と記してあった。

川澄屋の店の前に集まっているのは、通りすがりの野次馬が多いようだったが、

岡っ引きや町奉行所の同心らしい男の姿もあった。

竜之介たちが人だかりに近付くと、人垣のなかにいた男が近付いてきた。平十だった。竜之介が使っている密偵である。

「旦那、押し入った賊は、七人のようですぜ」

平十が、くぐもった声で言った。

ふだん、平十は柳橋にある船宿、瀬川屋で船頭をしていた。平十は小柄で、小太りだった。目が丸く、小鼻が張っていて、貉を思わせる顔付きをしていた。それで、「貉の平十」と呼ぶ者もいた。

「七人のなかに、二本差しがひとりいて、店の手代を斬り殺したようです」

と、平十が小声で言い添えた。

「これから、店の者に訊いてみる。平十は、近所で聞き込みにあたってくれ、賊を見た者がいるかもしれん」

竜之介はそう言って、店の脇の大戸が一枚だけあいているところから店内に入った。

薄暗い店内に、大勢の男の姿があった。土間や薬の売り場になっている座敷に、岡っ引きや下っ引き、店の奉公人らしい男などが集まっていた。八丁堀同心の姿もあった。北町奉行所の西村恭之助と、南町奉行所の植田佐之助だった。ふたりとも、定廻り同心である。竜之介は事件の現場で何度かふたりと顔を合わせていたが、話をしたことはなかった。どうしても、町奉行所の同心は、火盗改を敬遠するのだ。

「雲井さま、そこに殺された男が」

そう言って、風間が売り場を指差した。売り場のなかほどに、植田が屈み込んでいる。どうやら、殺された手代の検屍をしているらしい。

「おれたちも、死骸を拝んでみるか」

竜之介が言い、風間とふたりで人だかりに近付いた。すると、人だかりのなかから「火盗改の旦那だ」という声が聞こえ、竜之介たちに遠慮してその場から身を引く岡っ引きもいた。

すると、植田が立ち上がり、

「見てくれ。殺された手代だ。おれは、十分見させてもらった」

そう言って、その場から身を引いた。どうやら、竜之介たちにその場を譲ったらしい。もっとも検屍といっても、斬られたところを店の奉公人たちが目にしているので、それほど子細に見ることもないだろう。

竜之介と風間は、倒れている男の脇に屈んだ。

「背後から、一太刀か！」

竜之介が驚いたような顔をして言った。

男は俯せに倒れていた。脇腹から背にかけて、横に斬り裂かれていた。深い傷で、辺りは赭黒い血に染まっている。

……凄まじい剣だ！

竜之介は、胸の内で声を上げた。下手人は、背後から刀を横に払って斬ったようだ。剛剣といっていい。男の肋骨を切断し、臓腑まで断ち切っている。

竜之介が、死体を見つめていると、

「殺されたこの男は？」

風間が、近くにいた店の手代らしい男に訊いた。

「て、手代の弥之吉です」

手代らしい男が、声を震わせて言った。

「おまえは、この店の奉公人か」

竜之介が手代らしい男に訊いた。

「手代の茂三郎でございます」

手代が名を口にした。

「賊が押し入ったとき、店にいたのか」

「は、はい……」

「なにゆえ、弥之吉は殺されたのだ」

竜之介が訊いた。店の奉公人のなかで殺されたのは、ひとりだけらしいので、そう訊いたのだ。

「や、弥之吉は、賊が入ったとき、逃げようとしました。それで、殺されたのです」

茂三郎が、声をつまらせて言った。そのときのことが、脳裏に蘇ったのだろう。

「弥之吉を手にかけたのは、武士だな」

竜之介は、その切り口から刀によるものだとみていた。

「は、はい、賊のなかに、ひとりだけ侍がいました」

茂三郎によると、その男だけ大小を腰に帯びていたので、すぐに武士と知れたという。

## 5

「賊が踏み込んできたとき、番頭や奉公人たちは、店にいたのか」

竜之介が、声をあらためて訊いた。

「は、はい」

「まさか、店をひらいているときに、踏み込んできたのではあるまいな」

「それが、店の表戸をしめてすぐに、踏み込んできたのです」

茂三郎が言った。

「なに、店をしめてすぐだと！」

思わず、竜之介が聞き返した。

風間も、驚いたような顔をして茂三郎に目をやっている。

「昨日は、風の強い日でした。暮れ六ツ前に、客が途絶えたこともあって、番頭さんが、すこし早めに表戸をしめるように話したのです」

茂三郎によると、小僧の長助が表戸をしめ終わり、猿も嵌めて戸締まりを終えたという。そのとき、土間の隅に置いてあった空樽の陰から、町人体の男が姿をあらわしたそうだ。

「土間に空樽が置いてあったのか」

竜之介が訊いた。

「はい、店の脇に薬を並べて売るためのものです」

茂三郎の話では、樽の上に戸板を置き、その上に薬を並べて通りかかった者に売るという。その樽が、土間に置いてあったらしい。

「店をひらいているときに、賊のひとりが客を装って入り、土間に置かれた樽の陰に隠れていたようです」

茂三郎がそう話したとき、竜之介の脇で聞いていた風間が、

「闇風（やみかぜ）の芝蔵（しばぞう）の手口だ！」

と、昂（たかぶ）った声で言った。

すぐに、竜之介が茂三郎に目をやり、

「賊が、芝蔵という名を口にしなかったか」

と、急（せ）きこんで訊いた。

「聞きませんでした」

茂三郎が、戸惑うような顔をして言った。いきなり、風間と竜之介の口から芝蔵

という名が出たからだろう。

「そうか」

竜之介は茂三郎から離れ、風間とともに売り場の隅にいった。

竜之介は風間に目をやり、

「芝蔵は生きていたのかもしれぬ」

と、声をひそめて言った。双眸(そうぼう)が強いひかりを宿している。

三年ほど前だった。闇風の芝蔵と呼ばれる男を頭とする盗賊がいた。芝蔵一味は、風の強い日や大雨の日などを狙い、賊のひとりが店仕舞いを始める前に店内に入り、奉公人の目を盗んで、身を隠す。そして、表戸を閉め終わってから姿をあらわし、表戸をあけて仲間を入れるのだ。賊は入ると、すぐに表戸をしめてしまう。

店に入った芝蔵一味は、店にいる奉公人たちを縛り上げて大金を奪うのだ。風や雨音が、店のなかの声や物音を消してくれるし、ふだんは行き交う人の多い通りも、荒天のため夜中と同じように人通りが途絶えるのだ。

芝蔵一味は目をつけておいた店に荒天の日に踏み込み、金を奪うと、店内で夜が更けるのを待って逃走する。

ところが、強い風の日、芝蔵一味が押し入った安田屋(やすだや)という呉服屋の前をたまたま通りかかった男が、一枚だけあけられた大戸の間から、店に入る男たちの姿を目にし、不審に思った。そして、大戸に身を寄せて聞き耳をたてると、芝蔵一味と店の奉公人のやり取りが聞こえた。

男はすぐに知り合いの岡っ引きに、安田屋に賊が入ったらしいことを知らせた。岡っ引きは、ただちに手札をもらっている八丁堀同心に知らせ、その夜のうちに捕方を集めて、賊の入った店を包囲した。

八丁堀同心は、芝蔵一味の手口を知っていた。それで、芝蔵一味を包囲することができたのだ。

ところが、芝蔵一味は、町方が踏み込む前に安田屋に火を放った。火事の混乱に乗じて、逃げようとしたらしい。幸いなことに、芝蔵一味が店のなかに火を点けたとき、風がいくぶん収まっていた。それに、捕方たちが強引に表戸をぶち破って安田屋に踏み込み、消火にあたったことで、店内を焼いただけで火を消しとめることができた。

店内では燻る火と煙のなかで、芝蔵一味と捕方たちの闘いがつづいた。芝蔵一味は六人だったが、捕方たちには、ふたりの同心と三十人ちかい捕方がいた。多勢に無勢だった。それに、このとき芝蔵一味には、刀を手にした武士がいなかったのだ。

捕物は半刻（一時間）ほどで、終わった。六人の賊のうち、ふたりが死んだ。ひとりは焼け死に、もうひとりは捕方の六尺棒で頭を強打されて命を落とした。

また、他のふたりは、捕らえられた。残るふたりは、まだ店内が燃えているとき、捕方たちが火と煙で混乱している隙をついて火のなかを逃げた。決死の逃走だったらしく、ふたりの賊がかぶっていた黒の頭巾や着物の一部が燃えていたという。

「たしか、ふたり捕らえられたのだな」

竜之介が、記憶をたどりながら訊いた。

「そうです。捕らえられたふたりは、獄門になりました」

風間によると、ふたりはまだ若く、一味にくわわるまで盗人の経験はなかったという。

「焼け死んだふたりは、何者だったのだ」

「それが、ふたりとも顔が焼け爛れていて、はっきりしなかったそうです」

「頭目の芝蔵は、どうした」

竜之介が訊いた。

「吟味のおりに、捕らえたふたりから話を聞いたものの、頭目の芝蔵はどうなったか分からなかったそうです」

「死んだふたりのなかにいたのか、逃げたふたりのなかにいたのか、分からないのだな」

「そのようです」

「うむ……」

いずれにしろ、川澄屋に踏み込んだ賊の手口からみて、七人のなかに、芝蔵一味の逃げたふたりのうちのどちらかが、いたはずだ、と竜之介はみた。

竜之介は、戸惑うような顔をして売り場の隅に立っていた茂三郎に近付き、

「賊の顔を見たか」

と、確かめるように訊いた。

「は、はい……。ですが、売り場は暗かったし、手ぬぐいで頰っかむりしていたので、よく見えませんでした」

茂三郎が小声で言った。

「賊のなかに、顔に火傷の痕があった者は、いなかったか」

竜之介が訊いた。火傷の痕のある者がいれば、三年ほど前に逃げたふたりのうちのどちらかとみていいだろう。

「火傷ですか」

茂三郎はそう言って、記憶をたどるような顔をしていたが、

「暗かったので、はっきりしなかったのですが」

と、肩をすぼめて言った。

## 6

竜之介と風間は、茂三郎につづいて番頭の栄蔵にも、七人の賊のなかに顔に火傷痕のあった者はいないか訊いてみた。

「みんな黒布や手拭いで頬っかむりし、顔を隠していたので、はっきりしません」

栄蔵が、困惑したような顔をして言った。

「賊のやりとりで、何か気の付いたことはないか」

さらに、竜之介が訊いた。

「そういえば、親分らしい男が、顔は見えない、と賊の仲間に言ってました」

「頬っかむりしているので、顔は見えない、と言ったのだな」

竜之介が念を押すように訊いた。

「そうです」

「うむ……」

頭目は、火傷の痕は見えない、と言ったのかもしれない、と竜之介は思った。

「他に、何か気付いたことはないか」

「その男は、自分のことは、いずれ知れるとも話してました」

「いずれ知れる、だと！」

竜之介の声が大きくなった。頭目は、侵入の手口が三年前に姿を消した闇風の芝蔵一味とつなげてみられ、一味のことが町方に知れると言ったのではあるまいか。

「どうやら、押し入った一味のなかに、逃げた闇風の芝蔵一味の者がいたようだ」

竜之介が、風間に言った。

「それがしも、そんな気がします」

風間の顔は厳しかった。

それから、竜之介は他の奉公人にも話を聞いてみたが、あらたなことは分からなかった。竜之介は、風間とともに川澄屋の戸口から出た。店先に集まっていた野次馬たちの先に、足早に近付いてくる平十の姿があった。近所で聞き込みにあたっていたが、もどってきたようだ。

竜之介は平十が近付くのを待ち、

「何か知れたか」

と、訊いた。風間も竜之介のそばに立って、平十に目をやっている。

「それが、賊の姿を見た者は、だれもいねえんでさァ」

平十が肩を落として言った。

「そうか」

竜之介は、それほど落胆しなかった。強風が吹き荒れていた夜である。賊の姿を見かけた者がいなくても不思議はない。

平十はいっとき間を置いた後、

「御用聞きたちから、気になることを耳にしやした」

と、声をひそめて言った。近くに御用聞きがいたので、気を遣ったらしい。

「話してみろ」

「川澄屋に押し入った賊の手口は、三年ほど前に安田屋に押し入った闇風の芝蔵の手口とそっくりだ、と話しているやつがいやした」

「そのことなら、おれたちも気付いた」

「逃げたふたりの賊のことを、口にしたやつもいやした」

さらに、平十が声をひそめて言った。

「何を話していた」

竜之介が訊いた。

「御用聞きの話だと、逃げたふたりは、安田屋に押し入った後、江戸の市中に身を隠していたようです。半年ほどして、ふたりは江戸を離れたようです」

平十が御用聞きから聞いた話によると、芝蔵と子分らしい男が、日光街道を浅草方面に向かう姿を目にした男がいるという。その男は、芝蔵の顔を知っていたそうだ。御用聞きは、その男から芝蔵のことを聞いたという。

「日光街道を浅草方面に向かった男は、頭目の芝蔵に間違いないのか」

竜之介が、念を押すように訊いた。

「あっしが聞いた御用聞きは、芝蔵らしいと言ってやした」

「芝蔵とは、言い切れないのだな」

「へい、御用聞きが聞いた男の話によると、芝蔵らしい男の顔に火傷の痕があったそうでさァ」

「火傷の痕だと！」

竜之介は、芝蔵に間違いないと思った。火傷は、三年前に安田屋に押し入ったときの痕だろう。

「芝蔵が江戸にもどってきて、川澄屋に押し入ったのか」

風間が、厳しい顔をして言った。

「芝蔵と決め付けられないが、そうみていいな」

竜之介はそう言った後、

「平十、御用聞きが話を聞いた男だが、だれか分かるか」

と、声をあらためて訊(き)いた。その男は、芝蔵のことを知っているらしい。

「名は知りやせんが、御用聞きは、豊島町(としまちょう)の柳原通り沿いにある古着屋の親爺(おやじ)だと言ってやした」

平十によると、その古着屋には、博奕(ばくち)打ちや凶状持ち、盗人(ぬすっと)だった男などが姿を見せることがあるという。そうした男たちは古着を買うだけでなく、町方の動きなどを聞くために店に立ち寄るそうだ。

「豊島町か」

竜之介は、帰りにその古着屋に寄ってみようと思った。すこし遠回りになるが、御徒町の屋敷に帰る途中、立ち寄ることができる。

それから、竜之介たちは、念のために川澄屋の近くで聞き込みにあたったが、何の収穫もなかった。

「帰りに、古着屋に寄ってみよう」

　竜之介が、風間と平十に目をやって言った。

　竜之介たちは、川澄屋の店先から離れると、来た道を引き返した。そして、神田川のたもとに出ると、柳原通りを東にむかった。しばらく歩き、大名屋敷の裏手を過ぎて、豊島町へ入ると、

「あそこに、古着屋がありやす」

　と言って、平十が右手の路地を指差した。

路地を入ってすぐのところに古着屋があった。店先に古着が吊してあったので、それと知れたのだ。

「あっしが、様子を見てきやす」

　そう言い残し、平十が小走りに古着屋にむかった。

## 7

　竜之介と風間は、路傍に立って平十が古着屋からもどるのを待った。いっときすると、平十は店から出てきた。

「どうだ、店の親爺はいたか」

竜之介が訊いた。

「いやした」

平十によると、親爺の名は政造だという。

「政造に、訊いてみるか」

竜之介が言うと、風間が脇から、

「全員で古着屋に入ったら、政造もしゃべりにくいはずです。それがしは、政造という男のことを聞き込んでみます」

そう言って、その場を離れた。

竜之介は平十の後につづいて、古着屋に入った。店に入ると、ひろい土間になっていた。客の姿はなかった。天井近くに竹を渡し、それに古着が吊してあった。薄暗い店のなかに、黴と饐えたような臭いがただよっている。

店の奥に小座敷があり、小柄な男が腰を下ろしていた。五十がらみであろうか、浅黒い顔をした目の細い男である。

「いらっしゃい」

男が立ち上がり、愛想笑いを浮かべて土間へ下りた。小座敷が、古着の売り場になっているらしかった。

「ちょいと、訊きてえことがあってな」

そう言って、平十が懐から十手を取り出した。竜之介が、渡しておいた十手である。

男の顔から愛想笑いが消え、竜之介を警戒するような目で見た。そして、小座敷の上がり框近くに座りなおした。

竜之介と平十は、男の近くに腰を下ろし、

「おれは、お上の者だが、ちと、訊きたいことがあってな」

と、竜之介が切り出した。

竜之介は、火盗改とは口にしなかった。ただ、お上の世話になったことのある男なら、竜之介の身支度からみて、火盗改と気付くはずである。

「お調べ、ご苦労さまです」

男はそう言って、首をすくめるように頭を下げた。竜之介にむけられた顔に、警戒するような表情が浮いている。

「とっつァん、気にするこたァねえぜ。旦那は、おめえから、話を聞くだけだ」

平十が口をはさんだ。

「名は、なんというな」

竜之介が穏やかな声で訊いた。平十から男の名を聞いていたが、話のきっかけを作るために、訊いたのである。

「政造でさァ」

「政造には、かかわりのないことだが、古着屋をやっていると、耳に入るかもしれないと思ってな。来てみたのだ」

「何です」

政造の顔から、警戒するような表情がいくぶん消えている。

「三年ほど前のことだが、安田屋という呉服屋に賊が押し入ったことを知っているかな」

竜之介が、安田屋の名をだした。

「話は聞いていやす」

政造が言った。

「こういう店をしていると、いろんな男が店に来るだろうな」

「へい」

政造は、首をすくめるようにうなずいた。

「闇風の芝蔵という男のことを耳にしたことがあるか」

竜之介が、芝蔵の名を出して訊いた。

「闇風の芝蔵ですかい」

政造が首をかしげ、言いにくそうな顔をした。そして、いっとき黙り込んでいると、

「とっつァん、おめえ、芝蔵と懇意にしてたわけじゃァあるめえ。何を話しても、この旦那が、おめえをお縄にすることはねえから安心しな」

と、平十が脇から口をはさんだ。

「芝蔵は、日光街道を浅草方面に向かったそうだな」

竜之介が、念を押すように訊いた。

「へい、あっしは、浅草の駒形町（こまがたちょう）で、芝蔵が日光街道を千住（せんじゅ）の方へ向かうのを見やした」

政造が言った。

「いつのことだ」

「三年ほど前でさァ」

「芝蔵たちが、安田屋に押し入った後か」

「へい」

政造がうなずいた。

「芝蔵ひとりか」

「ふたりでさァ」

「芝蔵といっしょにいた男は、だれか分かるか」

「分かりやせん」

政造によると、芝蔵といっしょにいた男は菅笠(すげがさ)をかぶっていたので、顔が見えなかったが、痩(や)せた男だったという。

竜之介は吊してある古着に目をやりながら、

「芝蔵は、江戸を出たままか」

と、訊(き)いた。

「旦那、三月(みつき)ほど前(めえ)、芝蔵の姿を見かけやしたぜ」

政造が目をひからせて言った。

「見たのか！」

竜之介の声が、大きくなった。脇に腰を下ろしていた平十も、息を呑(の)んで政造を見つめている。

「芝蔵が、柳原通りを歩いているのを見たんでさァ」

「顔に、火傷の痕はなかったか」

すぐに、竜之介が念を押すように訊いた。

「火傷の痕のようなものがありやした」

政造によると、芝蔵は遠くを歩いていたので確かではないが、顔に火傷の痕のようなものがあったという。

「そうか」

竜之介は、芝蔵が江戸にもどっていることがはっきりしただけでも、豊島町まで足を延ばしてきた甲斐があったと思った。

## 8

竜之介は古着屋の政造から話を聞いた翌朝、神田川の和泉橋近くの桟橋にとめてあった平十の猪牙舟に乗り込んだ。

平十は、ふだん柳橋の船宿、瀬川屋で船頭をしていた。竜之介は、探索のために舟が必要なとき、平十の漕ぐ舟を使うことが多かった。

平十は、博奕好きだった。竜之介の密偵になる前、浅草にあった賭場に出入りしていた。その賭場に火盗改が手入れをしたとき、竜之介は、客として賭場にいた平十を見逃してやった。

竜之介は以前から瀬川屋に出入りしていて、平十のことを知っていた。それで、この男なら密偵に使えるとみて、見逃してやったのだ。

竜之介は、平十の舟は探索のおりに利用できる、とみた。それに、平十は賭場に出入りしていたので、博奕打ちや遊び人なども知っているのではないかと思ったのだ。

「旦那の密偵をやらせていただきやす」

平十はそう言って、竜之介の密偵になったのだ。

密偵になった後、平十は博奕打ちをやめた。そして、瀬川屋の船頭をつづけながら、竜之介の密偵として事件の探索にあたるようになったのだ。

竜之介の乗る舟は神田川を東にむかい、大川に出ると、水押しを下流にむけた。

竜之介は、火付盗賊改方の御頭である横田家の屋敷に行くつもりだった。川澄屋に押し入った賊のことを横田に知らせるとともに、今後の探索の指図を受けるためである。

横田屋敷は、築地の西本願寺の裏手にあった。竜之介の屋敷のある御徒町から築地まで歩けば遠いが、神田川の和泉橋近くで舟に乗れば、ほとんど歩かずに横田屋敷まで行くことができる。

竜之介の乗る舟は、大川の川面を滑るように川下にむかって進んだ。

晴天だった。大川の川面は無数の波の起伏を刻み、朝陽に照らされて砂金を撒いたようにキラキラとひかっていた。猪牙舟や茶船などが、その光のなかを行き交っている。

平十は大川を下って佃島の脇を通り、明石町の家並が右手につづくところまで来ると、

「橋をくぐりやすぜ」

と声をかけ、舟の水押しを右手の掘割にかかる明石橋にむけた。

舟は明石橋をくぐって掘割を西に進み、西本願寺の裏手にむかった。さらに掘割を進んでから、

「舟を着けやす」

と、平十が声をかけ、舟を掘割の船寄に着けた。そこは横田家の屋敷の近くで、屋敷の甍が見えていた。

竜之介はひとり、舟から下りて船寄に立つと、

「平十、瀬川屋に帰るのか」

と、訊いた。平十は、竜之介を舟で送ってきても、横田家の屋敷に入るのは元より、門前に近付くのさえ嫌がった。賭場に出入りしていた経験のある平十にとって、横田家の屋敷は地獄のように怖い場所だったのだ。

横田家の屋敷には、捕らえた下手人を訊問するときに使われる拷問蔵があった。そこには、横田が考案した横田棒と呼ばれる責具が置いてある。

横田棒とは、石抱きの拷問のおりに使われる三角形の角材のことだった。その角材の上に訊問する下手人を座らせ、口を割らないときは腿の上に平石を積んでいく。平石の枚数が増えると、脛の皮膚が破れ、足の骨にまで角材が食い込む。その苦痛は激しく、いかに剛の者でも耐えることができないと言われていた。

平十が横田屋敷を恐れたのは、屋敷内に拷問蔵があり、まかり間違えば自分も拷問を受けたかもしれないという思いがあるからであろう。

「あっしは、ここで帰らせていただきやすが、いつでも迎えにきやす」

平十が言った。

「それなら、一刻ほどしたら、ここに来てくれ」

竜之介は、横田との話は半刻（一時間）あれば、済むだろうとみた。

「承知しやした」

平十は、棹を巧みに使って水押しを大川の方にむけた。

竜之介は船寄を離れて横田屋敷の門前まで来ると、門番に名を告げて表門をくぐった。そして、いったん屋敷の玄関脇にある与力詰所に立ち寄ってから、用人部屋へ行った。

用人部屋には、用人の松坂清兵衛の姿があった。横田と会うために、松坂に取り次いでもらうのである。

竜之介が松坂に、江戸市中で起こった事件のことで、御頭にお会いしたいと話すと、

「すぐに、殿にお知らせする」

と言い残し、松坂は用人部屋を出た。

待つまでもなく、松坂は用人部屋にもどってきて、「殿は、御指図部屋でお会いするそうです」と言って、竜之介を御指図部屋へ連れていった。御指図部屋は、横田が主に与力と会って、指図するときに使われる。

竜之介が松坂に連れられて御指図部屋へ行くと、すでに横田の姿があった。横田

は松坂から話を聞くと、すぐに御指図部屋へ来たらしい。

「雲井、待っていたぞ。ここに座れ」

横田が、竜之介に声をかけた。

横田は縞柄の小袖に、角帯姿だった。屋敷でくつろいでいたのだろう。

竜之介と松坂は、横田の脇に座して深々と低頭した。そして、ふたりが顔を上げると、

「松坂は、下がってよいぞ」

と、横田が声をかけた。

松坂が座敷から出るとすぐ、

「雲井、薬種屋に押し入った賊のことで来たのだな」

横田が顔の笑みを消して訊いた。

「はい」

どうやら横田は、川澄屋に押し入った賊のことを知っているようだ。恐らく、召捕・廻り方の与力から耳にしたのだろう。

「昨日な、与力の島根から話を聞いたのだ。それで、雲井も屋敷に姿を見せるころかと思っていたのだ」

横田が言った。島根藤三郎は、竜之介と同じ召捕・廻り方の与力だった。おそらく、島根は竜之介が立ち去った後、川澄屋に行って事件を探り、分かったことを横田の耳に入れたのだろう。ちなみに、横田の配下の召捕・廻り方の与力は七騎で、同心も七人いた。ただ、七人の与力がみなひとつの事件にかかわるようなことはない。

「島根どのからも話があったと思われますが、賊は七人、そのなかに腕のたつ武士もいたようです」

竜之介が言った。

「そのことは、島根から聞いた」

「まだはっきりしませんが、手口からみて、三年ほど前、大店に押し入って江戸市中を騒がせた闇風の芝蔵一味のうち、ふたりだけ江戸から姿を消しました。そのふたりが、此度の件にもかかわっているようです」

竜之介が低い声で言った。闇風の芝蔵一味は江戸市中を騒がせた賊で、竜之介たち火盗改も探索にあたった。当然、横田の耳にも入っているはずである。

「闇風の芝蔵一味だと」

横田の声が大きくなった。

横田は四十過ぎだった。男盛りといっていい。眉が濃く、頤が張っていた。厳つい面構えである。その顔が、赭黒く染まっていた。

「そうみております」

竜之介の声は力がなかった。まだ、賊の中に芝蔵一味の者がいる、と断定できなかったのだ。

「何としても、此度の賊はわれら火盗改の手で捕らえたいな」

横田が言った。三年前の事件の折も、火盗改は総力をあげて芝蔵一味を追っていたが、江戸からの逃亡を許したのである。

「いかさま」

竜之介も、川澄屋に押し入った賊は、何としても火盗改の手で捕らえたいと思った。それに、下手をすると、此度の賊は川澄屋だけでなく他の商家にも押し入るかもしれない。そうなると、江戸に住む者の非難の目が、町方だけでなく火盗改にもむけられる。

「雲井、ひきつづき盗賊の探索にあたれ！」

横田が語気を強くして言った。

「心得ました」

竜之介の顔も、いつになく厳しかった。

# 第二章　瀬川屋

## 1

竜之介は柳橋にある船宿、瀬川屋に来ていた。店の裏手にある離れでひとり、女将(おかみ)のおいそが淹(い)れてくれた茶を飲んでいた。

竜之介は瀬川屋のあるじの吉造(よしぞう)やおいそと昵懇(じっこん)にしていて、事件の探索にあたるときは空いている離れを使わせてもらうことが多かった。

事件の探索にあたるとき、竜之介は何人かの密偵(てさき)に仕事を頼むことが多かった。密偵たちは脛(すね)に傷を持つ者ばかりだったので、御徒町にある竜之介の屋敷に出入りすることを嫌がったのだ。

それに、竜之介にとっても、瀬川屋の離れに寝泊まりすると都合のいいことが多かった。まず、舟である。平十の舟で、江戸の多くの地へ行くことができた。それに、飲み食いの心配はなかったし、密偵たちとも好きなときに会って、指図することができたのだ。

竜之介が、吉造やおいそと昵懇にしていて、好きなときに離れを使わせてもらうようになったのには、それなりの理由があった。

竜之介がたまたま瀬川屋で飲んでいたとき、柳橋界隈で幅を利かせていた辰造という地まわりに、吉造が些細なことで因縁をつけられ、大金を脅し取られそうになった。この様子を見ていた竜之介が、辰造を捕縛して瀬川屋は難を逃れた。その後、吉造とおいそは、何かと竜之介に便宜をはかってくれ、離れも使わせてくれるようになった。

竜之介が瀬川屋に出入りすることは、竜之介だけでなく、瀬川屋にとっても都合がよかった。土地のならず者や地まわりなどが、竜之介がいることを知って寄り付かなくなったのだ。瀬川屋にとって、竜之介はいい用心棒なのである。

離れに近付いてくる足音がし、

「雲井さま、いるの」

と、女の声がした。お菊らしい。お菊は瀬川屋のひとり娘である。

「いるぞ」

竜之介が声をかけた。

「入るわよ」

声がし、入口の戸があいた。

姿を見せたのは、お菊だった。お菊は十六。色白で、ふっくらした頰をしていた。鼻筋がとおり、花弁のような唇をしている。なかなかの器量よしだが、一人っ子で育てられたせいか、おきゃんなところがあり、子供らしさも残っていた。

「お菊、何か用か」

竜之介が訊いた。

「平十さんたちが、来てるの」

「平十とだれがいっしょだ」

竜之介は、密偵たちだと思った。平十を通して、密偵たちに瀬川屋に顔を出すよう連絡しておいたのだ。

「茂平(もへい)さん」

お菊も、瀬川屋に顔を見せる茂平を知っていた。ただ、竜之介の密偵であることは知らない。

「ここに通してくれ」

「分かったわ」

そう言って、お菊は踵を返したが、足をとめて振り返り、

「平十さんたちにも、お茶を淹れましょうか」

と、竜之介に訊いた。

「そうしてくれ」

竜之介がそう言うと、お菊は足早に戸口から離れた。

お菊と入れ替わるように、平十と茂平が姿を見せた。

「入ってくれ」

竜之介がふたりに声をかけた。

平十と茂平は、座敷に上がって竜之介の脇に腰を下ろすと、

「川澄屋の件ですかい」

茂平が、ぼそりと訊いた。

茂平は寡黙な男で、竜之介の前でもあまり口をきかなかった。歳もはっきりしない。四十がらみではないかと口にする者もいたが、もっと若いという者もいる。

茂平は、竜之介の密偵になる前、「蜘蛛の茂平」と呼ばれていたひとり働きの

盗人だった。茂平は盗みに入ると、蜘蛛のように天井にぶら下がったり、気配を消して暗がりに身を隠していたりする。それで、盗人仲間から「蜘蛛の茂平」と呼ばれていたのだ。

竜之介は盗人仲間の密告で、茂平が油問屋を狙っていることを知った。竜之介は油問屋に網を張り、茂平があらわれるのを待って捕らえた。

竜之介は捕縛の際、茂平の身軽さや、暗がりで気配を消して身を隠す術などを見て、

……この男を殺すのは惜しい。

と、思った。いい密偵になるとみたのである。

竜之介は、茂平に身を寄せ、

「茂平、おれの密偵にならないか」

と、訊いてみた。

茂平は驚いたような顔をして竜之介を見た後、

「相手が、盗人のときだけならやらせていただきやす」

と、答えた。茂平は、自分を密告した盗人仲間に仕返しをしてやりたかったようだ。

こうした経緯(いきさつ)があって、茂平は竜之介の密偵になった。そして、竜之介の指図に従って事件の探索にあたっているうちに、盗人以外が起こした事件でも密偵として働くようになったのだ。

「川澄屋の件だがな。三年ほど前、安田屋に押し入った闇風の芝蔵一味と手口がそっくりなのだ」

竜之介が言った。

「芝蔵一味の生き残ったやつは、江戸から離れたと聞きやしたぜ」

めずらしく、茂平が身を乗り出すようにして言った。芝蔵一味がかかわったらしい事件に、興味を持ったようだ。

「それが、芝蔵は江戸にもどってきたらしいのだ」

竜之介は、古着屋の政造から聞いた話をかいつまんで話した。

そこまで竜之介が話したとき、黙って聞いていた平十が、

「盗みに入(へえ)った手口からみて、川澄屋に押し込んだ七人のなかに、芝蔵がいたにちげえねえ」

と、口をはさんだ。

「おれも、七人のなかに芝蔵がいたとみている」

竜之介が言い添えた。

「それで、あっしは、何をやりゃァいいんです」

茂平が声をひそめて訊いた。

「とりあえず、芝蔵のことを知っていそうな者からそれとなく話を聞いてくれ」

竜之介は、盗人仲間から、と口から出かかったが、別の言い方をした。茂平が足を洗う前、盗人だったのを思い出したからである。

「旦那、寅六と千次、それにおこんはどうしやす」

平十が訊いた。

竜之介の密偵は、平十と茂平の他に、寅六、千次、それにおこんという女がいた。竜之介は、五人の密偵の全部に声をかけるのではなく、自分がかかわった事件や探索方法などによって、仕事を頼まない者もいた。

「寅六たちにも、頼むつもりだ。三人の姿を見かけたら、おれのところに来るように話してくれ」

竜之介が言った。此度の件は一味に闇風の芝蔵がくわわっているらしいので、五人の密偵の力を借りようと思ったのだ。

「承知しやした」

平十が言うと、茂平も黙ってうなずいた。

都合よく、竜之介たちの話が一通り終わったとき、戸口に近付いてくるふたりの下駄の音がし、お菊とおいそが盆に載せた小鉢と猪口、それに手に銚子を提げて入ってきた。小鉢には、酒の肴の漬物などが入っている。

「お酒を持ってきましたよ」

おいそがそう言って、お菊とふたりで、竜之介たち三人の膝先に猪口や小鉢を並べ始めた。小鉢は、ひとりの膝先にふたつずつ置かれた。たくわんと酢の物が入っている。

「一杯、やってくれ」

竜之介が、平十と茂平に声をかけた。

## 2

竜之介が瀬川屋の離れで平十と茂平に会った三日後、千次が顔を出した。平十に声をかけられたらしい。

千次は竜之介に頭を下げてから、

「平十さんから、話を聞いて来やした」

と、頰を紅潮させて言った。

千次の仕事は、鳶である。まだ二十歳そこそこだった。千次は、身軽で「軽身の千次」と呼ばれている。

千次の兄の又吉が竜之介の密偵だったのだが、探っていた押し込み一味の手にかかって亡くなった。千次は兄の後を継いだのだが、その胸の内には、兄の敵を討ちたいという思いがあったらしい。

「そこに、腰を下ろしてくれ」

竜之介は、千次が上がり框に腰を下ろすのを待ってから、

「川澄屋に押し入った賊のことを耳にしたか」

と、訊いた。

「へい、平十さんから聞きやした」

千次が身を乗り出すようにして言った。

「それなら話は早い。盗賊一味のことが知れるまで、千次は平十といっしょに探ってくれ。いまは、おれの手先と分からないように動いた方がいいな」

竜之介は、川澄屋に押し入った盗賊がもうすこし見えてくるまで、千次は平十と

いっしょに探索に当たってもらおうと思った。下手に嗅ぎまわると、盗賊一味の目にとまり、兄の二の舞いになる恐れがあったのだ。

「承知しやした」

千次が応えたときだった。

戸口に慌ただしく走り寄る足音がし、「旦那、大変だ！」という平十の声が聞こえた。そして、離れの戸があき、平十が顔を出した。

平十は息を弾ませながら、

「だ、旦那、大変だ！」

と、声を上げた。

「どうした、平十」

竜之介は、腰を上げながら訊いた。千次は立ち上がり、戸口の方に歩きかけた。

「また、押し込みでさァ！」

平十が身を乗り出して言った。

「なに、押し込みだと」

「へい、入られたのは、大伝馬町にある吉沢屋ってえ呉服屋で」

平十が、吉沢屋へむかう岡っ引きから押し込みのことを聞いたと言い添えた。

「川澄屋に押し入った賊と同じ一味か」

竜之介は、昨夜風雨が強かったことを思い出した。

「そうかもしれねえ」

平十も、昨夜の風雨を思い出したようだ。

「行くぞ！」

竜之介は、座敷の隅に置いてあった刀を手にして離れから外に出た。平十と千次が、つづいた。

「舟で行きやすか」

離れから通りに出たところで、平十が訊いた。

「いや、舟でなく、このまま行く」

竜之介が言った。柳橋を渡り、両国広小路（りょうごくひろこうじ）から日光街道を西にむかえば、大伝馬町に出られる。舟で行くより、歩いた方が早いかもしれない。

竜之介たち三人が日光街道から大伝馬町に入って間もなく、

「あそこだ！」

平十が、前方を指差して言った。

表通り沿いにある土蔵造りの店の前に、人だかりができていた。吉沢屋の前らしい。集まっている多くが街道を行き交う者たちらしいが、岡っ引きや下っ引き、それに八丁堀同心の姿もあった。

吉沢屋は、呉服屋としてはそれほど大きな店ではなかった。もっとも、大伝馬町やその先の本町（ほんちょう）は呉服屋の大店（おおだな）が多いので、それほど目を引かないだけかもしれない。

「あそこに、おこんさんがいる」

千次が前方を指差して言った。

見ると、吉沢屋の脇の路傍におこんが立っていた。おこんは年増（としま）だった。色白の美人である。

おこんは竜之介の密偵になる前、「当たりのおこん」と仲間内で呼ばれていた女掏摸（すり）だった。通りかかった相手の肩に自分の肩を当て、相手がよろめいた一瞬の隙をついて財布を抜き取るのである。

そのおこんが、通りかかった竜之介が酔っているのを見て懐を狙った。そして、竜之介の肩に自分の肩を当て、財布を狙って懐に手を伸ばした。

咄嗟（とっさ）に、竜之介はおこんの腕を摑（つか）んで取り押さえた。竜之介はおこんを吟味したおり、この女は、いい密偵になる、とみた。

おこんなら、ただ探索にあたるだけでなく、狙った相手の懐にある書状や証拠の品を抜き取ることもできる、と竜之介はみたのだ。

「おこん、おれの密偵になるか」

と、竜之介が訊いた。

「旦那の密偵なら、なってもいい」

おこんは、承知した。

その後、おこんは掏摸から足を洗い、小料理屋の女将をやる傍ら竜之介の密偵として動くようになったのだ。

竜之介たちが、おこんに近付くと、

「おや、旦那、お久し振り」

おこんが、笑みを浮かべて言った。

「早いな」

竜之介が、吉沢屋に目をやりながら言った。

「また、ひとり殺されたらしいよ。川澄屋と同じ賊だね」

おこんが、男のような物言いをした。仲間内と話すときは、掏摸だったころの蓮っ葉な物言いが出るらしい。

「店に入って、奉公人たちから訊いてみるか」

竜之介は、その場にいた平十たちに、近所で聞き込んでくれ、と言い置き、ひとりで吉沢屋の戸口にむかった。

## 3

竜之介は、吉沢屋の表戸の大戸が一枚だけあいているところから店内に入った。土間の先が、ひろい座敷になっていた。そこが、呉服の売り場である。

薄暗い売り場に、大勢の男たちが集まっていた。店の奉公人たち、岡っ引き、下っ引き、それに八丁堀同心の姿もあった。

広い売り場の隅に、武士体の男がいた。竜之介と同じ火盗改の召捕・廻り方の与力の島根だった。横田から、此度の件の探索にあたっていると聞いた男である。島根は、六尺にちかい長身だったので、こうした場では目につく。

竜之介は島根に近付き、

「早いな」

と、声をかけた。今日は、竜之介より島根の方が現場を踏むのが早かった。

「密偵が、知らせてくれたのでな。……それより、見てみろ」

島根が、足許を指差した。

「こ、これは！」

思わず、竜之介は声を上げた。

手代らしい男が、仰向けに倒れていた。着物が横に裂け、赭黒くひらいた傷口から臓腑が溢れ出ていた。腹を横に斬られたらしい。辺りはどす黒い血に染まっている。

「刀で斬られたようだ」

竜之介は傷口を見て川澄屋の手代を斬ったのと同じ手だと思ったが、そのことは口にしなかった。

「手代の益次郎らしい」

島根が言った。

竜之介は、横たわっている益次郎のそばで身を顫わせている手代らしい奉公人に、

「賊に斬られたのは、益次郎だけか」

と、訊いた。見たところ、売り場や帳場の近くに、殺された他の奉公人の姿はないようだった。

「そ、そうです」

と、答えた後、奉公人は、手代の与之助と名乗った。

「益次郎を斬ったのは、武士だな」

竜之介が念を押すように訊いた。

「は、はい、益次郎が、戸口から店の奥へ逃げようとすると、お侍がいきなり刀を抜いて、斬りつけたのです」

　与之助が、声を震わせて言った。

「その武士は、何か言ったか」

「はい、店から逃げようとすれば、この手代のようになる。おとなしくしていれば、斬らぬ、と店にいた奉公人たちに言いました」

「見せしめか」

　盗賊は、他の奉公人たちを売り場に引きとめておくために、逃げようとすればこうなる、と見せるために斬ったのではないか、と竜之介は見た。

「それで、賊が店に押し入ってきたのは、いつごろだ」

　竜之介が訊いた。

「暮れ六ツの鐘が鳴り、店仕舞いを始めました。小僧が表の大戸をしめ終わって間もなく、土間の隅に身を隠していた男が大戸の猿を外して、あけたのです。すると、いきなり賊が押し入ってきました」

与之助の声は震えていたが、いくぶん落ち着いてきたのか、話がとぎれることはなかった。

「同じ手口だな」

竜之介が、島根に顔をむけて言った。

「手代をひとり斬ったのも、同じだ」

島根が眉(まゆ)を寄せた。

それから、竜之介は帳場にいた番頭の留蔵(とめぞう)からも話を聞いた。奪われた金は、内蔵にあった千両箱がふたつ、都合千七百両ほどだという。

「内蔵の鍵(かぎ)は」

竜之介が訊いた。

「て、てまえが、出しました」

留蔵によると、賊が二階にいたあるじの娘を連れてきて、鍵を出さないと殺すと脅され、やむなく鍵を賊に渡したという。

「それで、娘やあるじは無事か」

「は、はい、益次郎の他に、殺された者はおりません」

留蔵の顔にほっとした表情が浮いたが、すぐに消えた。奪われた金のことを思い出したのだろう。

それから、竜之介は留蔵や他の奉公人たちに、賊が店に押し入ってきた後のことを聞いたが、川澄屋のときとほとんど同じだった。

竜之介は、そばにいた島根に、

「川澄屋に押し入った賊と同じらしい」

と、声をかけてから店の外に出た。

竜之介は戸口近くに集まっている男たちに目をやったが、密偵たちはだれももどっていなかった。

そのとき、通りの先に、風間の姿が見えた。小走りに近付いてくる。

風間は、竜之介のそばに来るなり、

「遅くなりました」

と、息を弾ませて言った。

「ともかく、店の奉公人から聞き込んでくれ」

「承知しました」

風間は、集まっている男たちの間をすり抜けて店のなかに入った。

それから小半刻(こはんとき)（三十分）ほどすると、おこんがもどってきた。

「おこん、何か知れたか」

竜之介が訊いた。

「駄目でした。あたし、むかしの知り合いに訊いてみたんです。昨日の晩は、雨風が強くて、暮れ六ツ過ぎは、表通りに人気(ひとけ)がなかったそうですよ」

おこんが、うんざりした顔で言った。

おこんにつづいて、平十と千次がもどってきた。

「旦那(だんな)、何も出てこねえ」

平十によると、通り沿いの店に立ち寄って話を聞いたが、賊の姿を見かけた者はひとりもいなかったという。

平十と千次がもどってきて間もなく、茂平が姿を見せた。

「店の脇に、来てくだせえ」

茂平はそう言うと、竜之介たちを吉沢屋からすこし離れた路傍に連れていった。

岡っ引きや下っ引きたちに、話を聞かれたくなかったらしい。

「それで、何か知れたのか」

竜之介が声をあらためて訊いた。

「あっしが、むかし世話になった男に訊いてみたんでさァ」

茂平が小声で言った。

竜之介は、むかしの盗人仲間だろうと思ったが、何も言わなかった。

「そいつは、闇風の芝蔵が子分らしい男とふたりで、吉沢屋の前を通りかかったのを見たと言ってやした」

「いつのことだ」

すぐに、竜之介が訊いた。

「四、五日前だそうで」

「下調べか」

竜之介は、芝蔵たちが押し込み先の下見に来たのだろうと思った。

「他に、何か知れたことがあるのか」

さらに、竜之介が訊いた。

「あっしは、そいつに、芝蔵と子分の居所を訊いてみたんでさァ」

「それで」

竜之介が、身を乗り出して訊いた。その場にいた平十たちも、茂平の次の言葉を待っている。

「そいつの話じゃァ、子分らしい男が、堀江町の飲み屋に入っていくのを見かけたことがあるそうで」

「何という飲み屋だ」

「瓢簞屋だそうで」

「瓢簞屋だな」

竜之介は、堀江町の飲み屋に当たれば、瓢簞屋は知れるとみて、

「その男だが、何か特徴はないか」

と、訊いてみた。

「顎のところに、傷跡があるそうで」

「顎に傷のある男か」

竜之介は、それだけ分かれば、何とか突きとめられるとみた。

## 4

「帰りに、瓢簞屋にあたってみるか」

竜之介が、その場にいた平十たちに言った。

瓢箪屋のある堀江町は、吉沢屋のある大伝馬町から近かった。ただ、堀江町に行くのは、竜之介、平十、茂平の三人だけにした。大勢で行く必要はなかった。竜之介は後に残った千次とおこんに、吉沢屋に押し入った賊が店を出た後、どこに向かったか探るように指示して吉沢屋から離れた。

竜之介たちは、帰りに堀江町に立ち寄った。堀江町は一丁目から四丁目まで入堀沿いにひろがっている。

竜之介たちは入堀沿いの道を歩き、堀の船寄に船頭らしい男がいるのを目にした。

「あの船頭に、瓢箪屋がどこにあるか訊いてみるか」

竜之介が言うと、

「あっしが、訊いてきやす」

そう言って、平十が船寄に下りていった。平十も船頭なので、うまく聞き出すだろう。竜之介と茂平が、入堀沿いに植えてあった柳の陰で待つと、平十が小走りにもどってきた。

「瓢箪屋が、知れやした」

すぐに、平十が言った。

平十が聞いてきた話によると、堀江町二丁目の堀沿いに、森川屋（もりかわや）という大きな料理屋があり、その店のすこし先に瓢箪屋があるという。

「行ってみよう」

竜之介たちは、入堀沿いの道を二丁目にむかった。

二丁目に入って間もなく、平十が、

「あそこに、大きな料理屋がありやすぜ」

と言って、前方を指差した。

二階建ての料理屋で、界隈（かいわい）では目を引く大きな店だった。すでに、客が入っているらしく、二階の座敷から男たちの談笑の声が聞こえた。

その料理屋の前を通り過ぎると、店先に縄暖簾（なわのれん）を出した飲み屋らしい小体（こてい）な店があった。

「あの店だ。瓢箪が、ぶら下がっていやす」

平十が、小体な店を指差して言った。

店の脇に、大きな瓢箪がぶら下がっていた。堀の水面（みなも）を渡ってきた風に揺れている。

「どうだ、一杯飲むか」

竜之介が、平十と茂平に目をやって訊いた。

「そうしやしょう」

平十が、ニヤニヤしながら言った。一方、茂平はちいさくうなずいただけである。

竜之介たち三人は、瓢箪屋の縄暖簾をくぐった。

まだ、早いせいか、店のなかに客の姿はなかった。土間に飯台が置かれ、そのまわりに腰掛け代わりの空樽が並べてあった。

「だれも、いねえのかい」

平十が声をかけた。

「すぐ、行きやす」

土間の右手にある板戸のむこうから、男のしゃがれ声が聞こえた。

板戸があき、小柄な男がひとり姿を見せた。男は流し場で、洗い物でもしていたのであろうか。濡れた手を前垂れで拭きながら、竜之介たちのそばに近付いてきた。

男は土間の近くに立っている竜之介を見て、警戒するような表情を浮かべた。竜之介が武士だったからだろう。

「酒をもらうぜ」

平十が、男に声をかけた。

「そこに、腰を下ろしてくだせえ」

男が、飯台に手をむけて言った。

竜之介たち三人は、空樽に腰を下ろすと、

「店のあるじかい」

平十が声をひそめて訊いた。

「権八(ごんぱち)でさァ」

男がくぐもった声で言った。

「訊きてえことがあるんだ」

平十が、声をひそめて言った。

すると、権八の顔に警戒するような色が浮いた。竜之介たちを町方とその手先とみたのかもしれない。

「とっつァんには、かかわりのねえことだから安心しな」

平十はそう言った後、

「おめえ、闇風の芝蔵の噂を聞いたことがあるな」

と、小声で訊いた。

「へい」

権八は、首をすくめるようにして応(こた)えた。

「この店に、芝蔵の子分が飲みに来ると聞いたんだがな。名は分かるかい」

「…………」

権八は何も答えず、平十や竜之介たちに目をやっていた。話していいものか、迷っているらしい。

「権八、知っていることを隠したと後で分かると、面倒なことになるぞ。おまえも、一味のひとりと見なされるかもしれん」

竜之介が権八を見すえて言うと、権八の顔がこわばり、

「い、猪之助(いのすけ)ってえやつでさァ」

と、声をつまらせて言った。

「猪之助の塒(ねぐら)は、どこだい」

平十が訊いた。

「小網町(こあみちょう)と聞きやした」

「小網町のどこだい」

さらに、平十が訊いた。小網町は日本橋(にほんばし)川沿いにひろがっていて、一丁目から三丁目まであるひろい町だった。小網町と分かっただけでは、探すのが難しい。

「二丁目の長屋だと聞いてやす」

権八が言った。

「なんてえ長屋だい」

「庄兵衛店でさァ」

「行ってみるかな」

平十はそうつぶやいて、竜之介に目をやった。何かあったら、竜之介に訊いて欲しいという顔である。

「親爺、酒を持ってきてくれ」

竜之介は、これだけ分かれば、猪之助の塒は知れるとみた。ただ、これから小網町に行って、庄兵衛店にあたる時間はないだろう。

竜之介たちが瓢簞屋を出ると、入堀沿いの道は淡い夕闇に染まっていた。堀沿いにある料理屋や飲み屋などから灯が洩れている。

「明日、小網町へ行く」

竜之介が、平十と茂平に言った。

## 5

翌朝、竜之介が瀬川屋の離れで朝餉を終えて待っていると、平十と茂平が顔を出した。

「旦那、舟で行きやすか」

平十が訊いた。竜之介たちは小網町に出かけて、猪之助の塒を探すことになっていたのだ。

「舟がいいな」

すぐに、竜之介が言った。

小網町は、日本橋川沿いにひろがっていた。瀬川屋から舟に乗れば、ほとんど歩かずに、猪之助の住む長屋のある小網町二丁目に行くことができる。

「さて、行くか」

竜之介は、傍らに置いてあった刀を手にして立ち上がった。

竜之介たち三人は、瀬川屋の近くにある桟橋から、猪牙舟に乗った。艫に立って舟を漕ぐのは、平十である。

平十は、竜之介と茂平が船底に腰を下ろすのを待って、

「舟を出しやすぜ」

と声をかけ、舟を桟橋から離した。

竜之介たちの乗る舟は、大川を下っていく。前方に見えていた両国橋をくぐり、さらに下流にむかった。そして、新大橋をくぐると、水押しを右手の岸際にむけ、行徳河岸の前を通って日本橋川に入った。

舟は日本橋川を遡っていく。右手につづく陸地が小網町三丁目で、上流にむかって岸沿いに二丁目、一丁目とつづいている。

左手は南茅場町で、その先が町奉行所の同心や与力などの住む屋敷のある八丁堀の地である。

日本橋川を遡り始めてしばらくすると、

「舟を着けやすぜ」

と、平十が竜之介たちに声をかけ、水押しを右手にある桟橋にむけた。その辺りにひろがっている地が、小網町二丁目である。

平十は、舫い杭に舟を繋いでから、竜之介たちに舟から下りるよう声をかけた。

竜之介たち三人は舟から桟橋に下りると、短い石段を上がって日本橋川沿いの通り

に出た。道沿いには、米問屋や油問屋などが並んでいた。この辺りは、日本橋川を下るとすぐに大川に出られる。江戸湊が近いせいもあって、各地から船で物資を運べるので便利である。そのため、行徳河岸をはじめ、日本橋川沿いには問屋が多かった。

「長屋は、ありそうもないな」

竜之介が、道沿いに並ぶ問屋に目をやって言った。

「土地の者に、訊いてみやすか」

平十がそう言って、通りの先に目をやった。

「あの船頭に、訊いてみやす」

そう言って、平十が足早に川上にむかった。船頭らしい男がふたり、何やら話しながらこちらに歩いてくる。

平十はふたりの船頭と顔を合わせると、岸際に身を寄せていっとき話していたが、ふたりと離れ、竜之介たちのいる場にもどってきた。

「どうだ、何か知れたか」

竜之介が訊いた。

「この先の米問屋の脇に、細い道がありやしてね。そこに入ると、すぐに長屋があるそうでさァ」

平十が川上を指差して言った。

「行ってみるか」

竜之介たちは、川上にむかって歩いた。

しばらく歩くと、道沿いに米問屋があり、その脇に細い路地があった。竜之介たちは、路地に入った。路地沿いには、八百屋、煮染屋、下駄屋などの暮らしに必要な物を売る小体な店が並んでいた。仕舞屋もある。

「長屋は見当たらないな。そこの八百屋で、訊いてみよう」

竜之介が、路地沿いにあった八百屋に足をむけた。

竜之介は店先にいた親爺に、この辺りに長屋はあるか訊くと、二町ほど先にあるとのことだった。

「庄兵衛店か」

さらに、竜之介が訊いた。

「ちがいやす。たしか、伝蔵店でしたよ」

親爺が言った。

「庄兵衛店は、ないかな」

　竜之介たちが、探しているのは庄兵衛店である。

「伝蔵店の先に、四辻がありやしてね。左手の路地を入った先にも、長屋がありやす。ただ、店の名は忘れちまって、庄兵衛店かどうか……」

　親爺はそう言って、首をひねった。

　竜之介は、ともかく行ってみようと思い、

「手間をとらせたな」

と、親爺に声をかけ、八百屋の店先から離れた。

　竜之介たちは、さらに路地を歩いた。二町ほど歩くと、左手に路地木戸があった。その先に棟割り長屋があった。念のため、通りすがりの者に訊くと、伝蔵店とのことだった。竜之介たちはさらに路地を歩いた。しばらく歩くと、四辻に突き当たった。

「左手の路地だったな」

　竜之介が先にたって、左手の路地に入った。

　そこは寂しい路地で、人影がすくなかった。路地沿いには、空き地や笹藪なども目についた。

　いっとき歩くと、平十が、

「そこに、長屋がありやす」

と言って、路地沿いにあった路地木戸を指差した。棟割り長屋が、二棟並んでいた。古い建物である。

「あの長屋だな」

竜之介が、路傍に足をとめて言った。

「どうしやす」

平十が、竜之介に訊いた。

「まず、長屋に猪之助がいるかどうか探らねばな」

竜之介は、長屋に目をやりながら言った。

すると、これまで黙っていることの多かった茂平が、

「ふたりは、ここにいてくだせえ。あっしが、探ってきやすよ」

そう言い残し、ひとりで路地木戸にむかった。

## 6

茂平は、路地木戸をくぐって庄兵衛長屋に入ったままなかなかもどってこなかっ

た。

「あっしが、様子を見てきやす」

そう言って、平十が長屋の方に歩きかけたとき、茂平が路地木戸をくぐって路地に出てきた。茂平は、足早にこちらに歩いてくる。

竜之介と茂平も平十にむかって歩き、顔を合わせると、

「猪之助はいたか」

すぐに、竜之介が訊いた。

「いやした」

茂平が低い声で言った。

「ひとりか」

「女がいやした。……情婦（いろ）かもしれねえ」

茂平は、長屋の井戸端にいた女房らしい女に猪之助の住む家を聞いて、戸口まで行ってみたそうだ。

茂平は、猪之助の住む家の腰高障子に近付いて聞き耳をたてた。すると、家のなかから男と女の会話が聞こえたという。

「ふたりの話から、猪之助と情婦らしい女がいることが知れたんでさァ」

茂平が言い添えた。

「情婦と、いっしょか」

竜之介は、どうしようか迷った。ただ、出直すと、猪之助は長屋から姿を消すかもしれない。そうなると、いつ猪之助を押さえられるか分からないので、この場で捕らえることにした。

「情婦も、いっしょに押さえる」

竜之介が言い添えた。

竜之介たちは庄兵衛長屋にむかい、路地木戸をくぐった。すると、茂平が「こっちでさァ」と言って先に立った。

茂平は手前にある棟の脇まで来ると、足をとめ、

「手前から、ふたつ目の家で」

と、小声で言った。

その場からも、かすかに男と女の声が聞こえた。くぐもったような声なので、何を話しているか聞き取れなかったが、ふたりで一杯やっているような口振りだった。

「行くぞ」

竜之介が声を殺して言い、猪之助のいる家の戸口に近付いた。

腰高障子に身を寄せると、家のなかの声がはっきり聞こえてきた。やはり、ふたりで酒を飲んでいるようだ。

竜之介はふたりのやり取りから、男が猪之助で、女がおけいという名であることが分かった。

「踏み込むぞ」

竜之介が声を殺して言い、腰高障子をあけた。

土間の先の座敷で、男と女が差し向かいで酒を飲んでいた。ふたりの膝先に、貧乏徳利と小鉢が置いてあった。小鉢には、何か肴が入っているらしい。

「猪之助、神妙にしろ！」

竜之介が土間に立って言った。

平十と茂平も、土間に踏み込んだ。平十は、懐に忍ばせてきた十手を手にした。茂平は、素手である。

「か、火盗改か！」

猪之助が、声を震わせて言った。顔から血の気が引き、体が顫えている。それでも、立ち上がると、懐から匕首を取り出した。

猪之助の顎の下に、傷痕があった。芝蔵の子分にまちがいないようだ。

ヒイイッ！　おけいは悲鳴を上げ、這って、座敷の隅に逃げた。

「猪之助を捕れ！」

竜之介は刀を抜き、刀身を峰に返した。斬らずに、生きたまま猪之助を捕らえるつもりだった。

竜之介は、座敷に踏み込んだ。平十と茂平がつづき、猪之助の逃げ道を塞ぐように竜之介の両脇にまわり込んだ。

猪之助は匕首を顎の下に構えると、

「殺してやる！」

と叫び、いきなりつっ込んできた。

猪之助は竜之介にむかって、手にした匕首を突き出した。

咄嗟に、竜之介は右手に体を寄せざま、刀身を横に払った。猪之助の匕首は竜之介の肩先をかすめて空を突き、竜之介の刀身は猪之助の腹を強打した。一瞬の攻防である。

グワッ！

と、猪之助が獣の吠えるような呻き声を上げ、前によろめいた。そして、足がとまると、左手で腹を押さえてうずくまった。

そこへ、茂平が素早く身を寄せ、猪之助の手から匕首を取り上げた。

「動くな！」

竜之介が、猪之助の喉元(のどもと)に切っ先を突き付けた。

すると、平十が用意した細引(ほそびき)を取り出し、茂平とふたりで猪之助の両腕を後ろにとって縛った。

その後、平十と茂平は、座敷の隅で身を顫わせていたおけいにも縄をかけた。

竜之介が猪之助の前に立ち、

「訊(き)きたいことがある」

と、声を低くして言った。

竜之介は、暗くなってから猪之助を長屋から連れ出すつもりだった。まだ、暗くなるまでには時間があるので、訊問(じんもん)してみようと思ったのだ。それに、猪之助が口をひらかないようなら、この場からふたりを横田屋敷に連れて行かねばならない。猪之助はともかく、おけいを横田屋敷に連れていって拷問にかけるのは可哀相な気がしたのだ。

「猪之助、闇風の芝蔵を知っているな」

竜之介が、芝蔵の名を出して訊いた。

「し、知らねえ。芝蔵なんてえ男は知らねえ」

猪之助が、向きになって言った。

「ここで、白を切れば、横田さまのお屋敷へ行ってもらうことになるぞ」

竜之介は、このまま猪之助を横田屋敷に連れて行き、拷問蔵で吟味することを匂わせたのだ。

「……………！」

猪之助の顔が、引き攣ったようにゆがんだ。

このとき、竜之介たちのいる家の腰高障子に身を寄せて、竜之介の訊問に聞き耳を立てている男がいた。

浅黒い顔をした二十代半ばの男だった。闇に溶ける茶の腰切半纏に黒股引姿で、手ぬぐいで頰っかむりしていた。左官か屋根葺き職人のような格好である。

男はしばらく、家のなかの様子をうかがっていたが、

……このままにしちゃァおけねえ。

と、つぶやいて、戸口から身を引いた。そして、踵を返すと、足早に長屋の路地木戸の方にむかった。

竜之介たちは、腰高障子の向こうで聞き耳をたてていた男にまったく気付かず、猪之助の訊問をつづけていた。

## 7

「芝蔵の隠れ家は、どこだ」

竜之介が、語気を強くして猪之助に訊いた。

「芝蔵なんて男は、会ったこともねえ」

猪之助が、うそぶくように言った。

竜之介は渋い顔をして猪之助を見つめていたが、

「ここでは、話す気にならぬか」

と言って、手にした刀を鞘に納めた。

猪之助とおけいを、このまま横田屋敷に連れていくしか手はない、と竜之介は思った。腰高障子に目をやると、まだ夕陽に染まっていた。暮れ六ツ（午後六時）までには、間があるようだ。

竜之介たちは腹が減っていたので、交替でめしを食いに行こうかとも思ったが、それほどの時間はなかったので、流し場にあった水甕の水を飲んで我慢した。

しばらくして、家のなかが薄暗くなると、竜之介たちは猪之助とおけいを後ろ手に縛り、念のために猿轡をかまして外に連れ出した。

長屋は、夕闇につつまれていた。家々の腰高障子が灯の色に染まり、あちこちから子供の泣き声や亭主のがなり声などが聞こえてきた。亭主は仕事から帰り、子供は外の遊びから家にもどり、家族が狭い家のなかに集まって夕餉の時をむかえていた。いまごろが、長屋では一日のうちで、もっとも騒がしいときである。

竜之介たちは、長屋の暗がりをたどるようにして路地木戸を出た。そして、人気のない路地を選んで、日本橋川沿いの通りにむかった。竜之介は、このまま猪之助とおけいを舟に乗せ、横田屋敷まで連れていくつもりだった。

竜之介たちが路地に出て、一町ほど歩いたときだった。ふいに、前を歩いていた平十が足をとめ、

「だれかいやす！」

と、声を上げた。

見ると、夕闇のなかに男がふたり立っていた。闇につつまれ、ふたりの顔は見えなかったが、その身支度から、ひとりは武士だと分かった。小袖に袴姿で、二刀を

帯びている。もうひとりは、手ぬぐいで頰っかむりし、茶の腰切半纏に黒股引姿だった。職人ふうである。

「何者だ！」

竜之介が誰何した。

だが、前に立ったふたりは、何も答えなかった。黙したまま、道のなかほどに立っている。

そのとき、猪之助とおけいを縛った縄を持っていた茂平が、

「後ろからも、来やがった！」

と、声高に言った。

竜之介が振り返ると、ふたりの男が足早に近付いてくる。ふたりとも、腰切半纏に黒股引姿で、手ぬぐいで頰っかむりしていた。

……おれたちを襲う気だ！

竜之介は察知し、左手で刀の鯉口を切って抜刀体勢をとった。

すると、前に立っていた武士が刀を抜いた。刀身が夕闇のなかで、青白くひかっている。武士につづいて、町人体の三人が、懐から匕首を取り出して身構えた。顎の下にとった匕首が、薄闇のなかに仄白く浮き上がったように見えた。

竜之介は、路傍の空き地のなかで椿が枝葉を茂らせているのを目にし、

「椿を背にしろ！」

と叫び、路地の脇の雑草に覆われた地に踏み込み、椿を背にして立った。背後から、攻撃されるのを防ぐためである。

平十と茂平は猪之助とおけいを連れ、竜之介の脇に立った。そして、平十は十手を、茂平は匕首を手にして身構えた。

四人の男は、ゆっくりとした足取りで近付き、竜之介たち三人の前に立った。

「うぬら、盗賊だな」

竜之介が、目の前に立った武士を睨むように見すえて訊いた。

「問答無用！」

そう言って、武士は手にした刀を青眼にとり、剣尖を竜之介の喉元にむけた。青眼の構えにしては、すこし剣尖が低かった。

「やるしかないようだ」

竜之介も刀を抜き、相青眼に構えた。そして、剣尖を武士の目線につけた。腰の据わった隙のない構えである。

武士は、竜之介の構えを見て驚いたような顔をした。竜之介のことを、剣の手練

とは思っていなかったのだろう。

竜之介は、神道無念流の遣い手だった。少年のころ、叔父の室山甚之助に勧められて、麹町にあった神道無念流の戸賀崎道場に入門した。竜之介は剣術が好きで、熱心に稽古に取り組んだ。加えて、剣の天稟もあったらしく、めきめき上達し、二十歳のころには、師範代にも三本のうち一本は取れるほどになった。ところが、父が隠居し、竜之介が雲井家を継いで御先手弓組に出仕し、火盗改の与力になったために剣術の稽古は存分にできなくなった。それでも、腕は鈍っていなかった。

「やるな」

そう言った後、武士はすこし身を引いて竜之介との間合を広くした。そして、青眼の構えをくずし、切っ先を引いて脇構えにとった。

……この構えは！

竜之介は、胸の内で声をあげた。

脇構えにしては、奇妙な構えだった。左足を大きく前に出し、足幅をひろくとって腰を沈めた。そして、切っ先を後ろに向けたのだ。

……刀が見えない！

竜之介の目に、背後に引いた武士の刀身が見えなくなった。見えるのは、武士が両手で握った刀の柄だけである。

「その構えは！」

思わず、竜之介が声を上げた。

「隠し剣……」

武士がつぶやくような声で言った。武士の双眸が、夕闇のなかで獲物を待つ蛇のように青白くひかっている。

……仕掛けられぬ。

竜之介は胸の内でつぶやいた。隠し剣と称する構えから、刀身を横に払うのではないか、と竜之介はみた。

「いくぞ！」

武士が声をかけ、足裏を摺るようにして竜之介との間をつめてきた。

対する竜之介は、青眼に構えたまま動かなかった。ふたりの間合が、しだいに狭まってくる。

ふいに、武士の寄り身がとまった。一足一刀の斬撃の間境まで、まだ半間ほどあった。武士は竜之介の隙のない構えを見て、このまま斬撃の間境に踏み込むのは危険だ、と思ったのかもしれない。

## 8

　このとき、茂平の前には、匕首を手にした瘦身(そうしん)の男が立っていた。背をすこし丸めて、顎の下に匕首を構えている。飛び掛かる寸前の牙(きば)を剥(む)いた猛獣のようだった。

「てめえ、押し込みのひとりだな」

　茂平が、男を見すえて言った。

「おめえは、火盗改(かとう)の手先かい」

　男が口許(くちもと)に薄笑いを浮かべて言った。

「殺してやる！」

　茂平は、男を睨むように見すえて言った。「蜘蛛(くも)の茂平」と呼ばれたひとり働きの盗人(ぬすっと)だったころを思わせる凄(すご)みのある顔である。

「いくぜ！」

　男が声を上げ、足裏を摺るようにして間合を狭めてきた。

　対する茂平は、動かなかった。いや、動けなかったのである。茂平のそばには、縄をかけた猪之助とおけいがいた。茂平がその場を離れると、ふたりは逃げ出すかもしれない。茂平のそばには、平十もいた。平十は十手を手にしている。腰を沈めて構えているが、手にした十手が震えていた。刃物を手にした相手との闘いは、ほとんど経験したことがなかったのだ。

その茂平の前に、職人ふうの男がふたり立っていた。ふたりとも、匕首を手にして身構えている。

「てえめの首、おれが掻き切ってやるぜ」

瘦身の男が低い声で言い、ジリジリと間合を狭めてきた。顎の下に構えた匕首が、夕闇のなかで獣の牙のように見えた。

もうひとり、ずんぐりした体軀の男が匕首を構え、縄をかけられている猪之助とおけいに近付いていく。

茂平は、ずんぐりした体軀の男が、猪之助とおけいに近付いていくのに気付いていたが、どうにもならなかった。

そのとき、鋭い気合と同時に刀を弾き合う金属音がひびいた。竜之介が、武士の刀身を弾いたらしい。

この音に反応したように、ずんぐりした体軀の男が、素早い動きで猪之助とおけいに近付いた。そして、手にした匕首を振り上げ、縛られたままの猪之助にむかって振り下ろした。

ウウッ！

という呻き声が、猿轡をかまされた猪之助の口から洩れた。猪之助の首から血が噴いている。

……やつは、助けに来たんじゃァねえ。殺しに来たんだ！

茂平が胸の内で叫んだ。

つづいて、おけいの口からも呻き声が洩れた。おけいの胸から、血が奔騰している。ずんぐりした体軀の男は、おけいの胸に匕首を突き刺したのだ。

「ふたりは、始末しやしたぜ！」

ずんぐりした体軀の男が、叫んだ。男はふたりの返り血を浴びて、腰切半纏を真っ赤に染めている。

竜之介と対峙していた武士は、すばやい動きで身を引き、竜之介との間合をとると、

「引け！」

と、叫んだ。

すると、茂平に匕首をむけていた男が後ずさり、間があくと、反転して走りだし

た。他のふたりの男も、その場から逃げた。

武士も竜之介との間があくと、反転して走り出した。竜之介は、武士の後を追わなかった。平十と茂平も、呆気に取られたような顔をしてその場に立っている。

四人の男の姿が、夕闇のなかに遠ざかっていく。

そのとき、猪之助の呻き声が聞こえた。

竜之介たちは、猪之助のそばに走り寄った。猪之助は縛られ、猿轡をかまされたまま血塗れになって倒れていた。

竜之介は猪之助の両肩を摑み、体を起こしてやった。猪之助の首から血が流れ出ていたが、まだ意識ははっきりしていた。

竜之介は平十に、「猿轡をとってくれ」と声をかけた。すぐに、平十は猪之助の後ろにまわって、猿轡をとった。

「お、おれを、殺しにきやがった」

猪之助が、苦しげに顔をゆがめて言った。

猪之助の首からの出血は激しかったが、まだ、言葉を交わすことができそうだった。

「猪之助、芝蔵はいま襲った四人のなかにいたのか」

竜之介が訊いた。

「い、いねえ。……子分たちだ」

猪之助が、喘ぎながら答えた。

「芝蔵の隠れ家は、どこだ」

「ほ、本所にいたことがあるが、いまはどこにいるか知らねえ」

猪之助は切れ切れの声で、芝蔵は用心深く、仲間にも隠れ家がどこにあるか口にしないと言った。

「いっしょにいた武士は、芝蔵の仲間だな」

竜之介は、盗賊のなかにいた武士とみた。

「そ、そうだ」

「名は」

「た、立沢桑八郎……」

猪之助の息が荒くなってきた。

「立沢は牢人か」

「……」

猪之助は答えず、ちいさくうなずいただけだった。

「立沢は、どこに住んでいる」

「ほ、本所……」

猪之助がそう言ったとき、口から苦しげな呻き声が洩れた。そして、顎を前に突き出し、体を硬直させた。

猪之助の体から急に力が抜け、頭を垂れてぐったりとなった。息の音が聞こえない。首からの出血で上半身が血塗れだった。

「死んじまった」

平十がつぶやいた。

「やつら、猪之助の口封じに来たのだ」

竜之介が、顔をしかめて言った。胸の内には、強い怒りがあった。自分たちの身を守るために、仲間さえ無残に殺す芝蔵たちが許せなかったのだ。

竜之介、平十、茂平の三人は、後ろ手に縛られたまま横たわっているおけいのそばに行った。

「女も、死んでやす」

平十が小声で言った。

おけいも、血塗れになって死んでいた。

「可哀相なことをした」

竜之介は、おけいの前に立って掌を合わせた。胸の内に、おけいは連れてこなければよかった、という後悔の念が湧いた。

# 第三章　密偵たち

## 1

瀬川屋の離れに、竜之介と風間、それに密偵の五人が集まっていた。密偵は、平十、茂平、千次、おこんのほかに、寅六が顔を揃えていた。

風間が瀬川屋に来ることは滅多になかったが、竜之介が、雲井家の屋敷に姿を見せた風間を連れてきたのだ。ただ密偵たちも、風間のことはよく知っていた。

寅六は五十代半ば、小柄ですこし猫背である。糸のように細い目をしていた。稼業は手車売りだった。仲間内から、「手車の寅」とも呼ばれている。

手車は、釣り独楽とも呼ばれる子供の玩具だった。現代のヨーヨーである。釣り独楽は、土で作った円盤形の物をふたつ合わせ、竹を芯にして隙間をとり、なかに糸が結んである。糸を巻いてから独楽を離すと、クルクルまわりながら解け、また巻き付いて上がってくるのだ。

寅六は、手車売りをしているときに、竜之介に助けられた。

寅六が浅草寺の境内で子供を相手に手車売りの商売をしていると、土地の地まわりに因縁をつけられ、場所代として大金を要求された。寅六が、場所代を払わずにいると、地まわりたちが集まってきて、袋叩きになりそうになった。

そこへ、竜之介が通りかかり、寅六を助けた。竜之介は、人出の多いところで商売をしている寅六を見て、この男は、情報を集めるのに役にたつと踏み、

「おれの密偵にならないか」

と、誘った。

「あっしのような者でも、旦那の手伝いができるんですかい」

寅六は戸惑うような顔をして訊いた。

「おまえにしかできないことを頼む」

「やらせていただきやす」

寅六は、すぐに承知した。大道で子供相手に玩具を売っているような男が、火盗改の役に立つと思うと、胸の高鳴りを覚えた。

竜之介は集まった五人の密偵に、あらためてこれまでの経緯(いきさつ)を話した後、

「なんとしても、闇風の芝蔵一味を捕らえたい」

と、語気を強くして言った。

その場に集まった五人も、顔を厳しくしてうなずいた。

次に口をひらく者がなく、座敷が重苦しい沈黙につつまれたとき、

「旦那、手分けして、芝蔵一味の居所を突きとめましょうよ」

おこんが言った。

「二本差しの立沢の塒(ねぐら)は、本所にあるらしいし、他のやつらも金をつかんでいるから、遊び場にあたれば、それらしいのが浮かんでくるかもしれねえ」

平十が、仲間に目をやりながら言った。

「手分けして当たるか」

竜之介が言うと、その場に集まった密偵たちがうなずいた。

話が済むと、風間と平十だけ残り、他の四人は離れから出ていった。それぞれ、自分の思い当たる場に出かけて、立沢や芝蔵たちの居所を探るはずである。

「旦那、これから本所に行きやすか」

平十が、竜之介に訊いた。

「本所といっても広いからな」

　竜之介は本所と分かっただけでは、探しようがないと思った。それに、茂平が本所を探ってみる、と口にしていたのだ。

「平十、闇風の芝蔵のことを知っていそうな男はいないか」

　竜之介は、瓢箪屋の親爺のことを思い出し、芝蔵や仲間のことを知っていそうな者に当たった方が早いと思った。

「心当たりはねえなァ。……あっしより、茂平の方が知ってるかもしれねえ」

「茂平のことだ。おれたちに言われる前に、当たっているはずだ」

　竜之介が言った。

「そうかも知れねえ」

　平十は口をつぐんで、いっとき記憶をたどるような顔をしていたが、

「伊勢造なら、芝蔵のことを知っているかもしれねえ」

　と、声高に言った。

「伊勢造というのは、何者だ」

　竜之介が訊いた。

「本所元町で、料理屋をやっている男ですがね。若いときは博奕に手を出すわ、娘

を騙して女郎屋に売り飛ばすわで、どうしようもねえ遊び人だったんでさァ。ところが、二十五、六のころ、料理屋をやっていた母親が病で死にやしてね。死に際に、足を洗って店を継いでくれ、と伊勢造に泣きながら訴えたそうでさァ。……それで、伊勢造は足を洗い、店を継いだってわけで」

「くわしいな。……ところで、伊勢造と芝蔵は何かかかわりがあるのか」

「芝蔵とかかわりはねえはずだが、伊勢造は若いとき博奕打ちや盗人のようなやつとも、つながりがあったようで」

「平十、伊勢造のことをよく知っているな。おまえも、若いころ何かかかわりがあったのか」

竜之介が、探るような目をして平十を見た。

風間は黙って、竜之介と平十のやり取りを聞いている。

「かかわりはねえが、伊勢造と何度か話したことがあるんでさァ」

平十によると、伊勢造は足を洗った後も、吉原に足を運ぶことがあったという。そのとき、瀬川屋の舟を使い、船頭の平十とも色々話をしたという。船宿の瀬川屋は、吉原への客の送迎もやっていたのだ。

「伊勢造に、話を聞いてみるか」

竜之介は、あまり期待しなかったが、伊勢造が本所元町で料理屋をやっていると聞いて、本所に塒のある立沢のことを知っているかもしれない、と思ったのだ。

「舟で行きやしょう」

平十が勢い込んで言った。

竜之介と風間は、平十の舟で瀬川屋の桟橋から本所元町にむかった。瀬川屋のある柳橋から、本所元町は舟で行けばすぐである。

大川を横切り、両国橋をくぐった先が本所だった。本所元町は、両国橋近くの竪川に入ってすぐの左手にひろがっている。

平十は竪川に入って間もなく、

「舟をとめやすぜ」

と声をかけ、左手にある桟橋に水押しをむけた。

平十は桟橋に舟を着けると、先に竜之介と風間を舟から下ろした。そして、舟を舫い杭につないでから桟橋に下りた。

「こっちでさァ」

そう言って、平十が先に石段を上がり、竪川沿いにつづく通りに出た。この辺りが、本所元町である。

通りは賑(にぎ)やかだった。様々な身分の者たちが行き交っている。そこは人出の多いことで知られた両国広小路の対岸にあたり、両国橋を渡った先の西の広小路から大勢のひとが流れてくるのだ。

## 2

「あれが、伊勢造の店でさァ」

平十が通り沿いにあった料理屋を指差して言った。

それほど大きな店ではなかったが、二階建てだった。二階の座敷から客の談笑の声が聞こえてきた。

「伊勢造に会って、話が聞けるか」

竜之介は、伊勢造も忙しいのではないかと思った。

「なに、あっしが声をかけて、伊勢造を連れ出しやすよ。料理屋のあるじは女将(おかみ)とちがって、店にいるだけで用がねえんでさァ」

「おれと風間は、そこで待っていよう」

竜之介が、竪川の岸際に植えられた柳を指差した。

「すぐに、もどりやすから」

そう言い残し、平十はその場から料理屋の店先にむかった。

竜之介があらためて料理屋の店先に目をやると、店の入口の脇に「御料理　笹乃屋」と書かれた掛看板が掛かっていた。店の名は笹乃屋らしい。

竜之介と風間は竪川の岸際に立って、平十が伊勢造を連れてくるのを待った。平十はすぐに連れ出すような口振りだったが、なかなか店から出てこなかった。

……何かあったかな。

竜之介が、店を覗いてみようかと思ったとき、笹乃屋の入口の格子戸があいて、平十と恰幅のいい男が姿を見せた。

ふたりは店先に立ち、岸際に立っている竜之介たちの姿を目にすると、足早に近寄ってきた。

「こちらが、笹乃屋の旦那で」

平十が、脇に立っている男に手を向けて言った。

「てまえが、伊勢造でございます」

そう言って、伊勢造は竜之介と風間に頭を下げた。

五十がらみであろうか。赤ら顔で、ふっくらした頬をしていた。目が細く、口許に笑みが浮いていた。愛想のいい料理屋のあるじといった感じの男である。

「雲井竜之介だ」

竜之介は、名だけ口にした。火盗改であることは、平十が話したとみたのである。風間はちいさく頷いただけで、黙っていた。この場は、竜之介にまかせる気なのだろう。

「てまえに、何か御用がおありだとか」

伊勢造の顔から、笑みが消えた。むかし遊び人だったことを思わせるような凄みのある顔を垣間見せた。

「商売の邪魔をして、すまないな」

竜之介が小声で言った。

「いえいえ、暇を持て余して困っていたところでしてね」

伊勢造の口許に、また笑みが浮いた。穏やかな表情にもどっている。

「むかしの若いころのことだが、耳にした噂を覚えていたら話してもらいたいのだ」

竜之介は、伊勢造が話しやすいように耳にした噂と口にした。

「どんなことでしょうか」

「むかし、世間を騒がせた闇風の芝蔵という男がいたのだが、耳にしたことがあるかな」

竜之介は、むかしという言い方をした。その方が、話しやすいと思ったのである。

「噂は、耳にしたことがございます」

すぐに、伊勢造が答えた。

「芝蔵の隠れ家が、どこにあるか耳にしたことはあるか」

竜之介が、伊勢造に目をやったまま訊いた。

「ございません」

すぐに、伊勢造が答えた。隠しているようには見えなかった。

「本所と聞いたことがあるのだが……」

「知りません」

伊勢造が、きっぱりと言った。口許から笑みが消えている。

「噂を聞いたこともないのか」

「噂なら耳にしたことがございます」

「噂でいいんだがな。教えてくれないか」

「本所ではないし、昔のことなので、いまも芝蔵がそこにいるかどうか……」

伊勢造は語尾を濁した。

「いまは、いないだろうな。芝蔵が、どんなところに身を隠していたのか、それを知るだけでもいいんだ」

竜之介は、そこから芝蔵のいまの居所や盗人仲間のことがたどれるのではないかとみたのだ。

「たしか、浅草の諏訪町と聞きました」

「諏訪町のどこか、分かるかな」

浅草諏訪町は浅草御蔵の北方にあり、日光街道沿いにひろがっている。町は大川にも面しており、諏訪町と分かっただけでは、探すのがむずかしい。

「たしか、大川端だと聞きましたよ」

伊勢造が言った。

「そこに、情婦でも、かこっていたのか」

竜之介は、芝蔵が家族と住んでいたとは思えなかった。

「情婦をかこっていたと、聞いたような気がします」

「いまも、その家はあるのか」

「あるかどうか分かりませんが、借家と聞きましたよ」

「借家か」

竜之介はそうつぶやき、いっとき間を置いてから、

「ところで、立沢という牢人のことを知っているか」

と、声をあらためて訊いた。

「存じませんが」

すぐに、伊勢造が言った。

「立沢という男は、武士でありながら盗賊の仲間でな。本所に住んでいるらしいのだ」

「本所のどこです」

伊勢造が、身を乗り出すようにして訊いた。

「それが、本所としか分からないのだ」

「本所だけでは……」

伊勢造が語尾を濁した。

「本所はひろいからな。本所だけでは、突き止めるのがむずかしいか」

竜之介が、つぶやくような声で言った。

そのとき、竜之介の脇で黙って話を聞いていた風間が、

「芝蔵の仲間のことで、何か知っているか」

と、訊いた。

「たしか、安次郎という芝蔵の弟分のような男がいました」

伊勢造が答えた。

「安次郎はどんな男だ」

「話を聞いただけで見たことはありませんので……」

伊勢造が首を横に振った。

竜之介は、風間と伊勢造のやり取りが終わると、「手間をとらせたな」と声をかけ、風間と共にその場を離れた。それ以上、伊勢造から訊くことがなかったのである。

## 3

本所へ出かけた翌朝、竜之介は平十とふたりで、浅草諏訪町へ行くことにした。芝蔵が情婦をかこっていたという借家を探すためである。

風間には、声をかけなかった。借家を探すだけなので、平十とふたりで十分だった。

「旦那、舟で行きやすか」

平十が訊いた。

「いいのか。このところ、瀬川屋の舟を使いっぱなしだぞ」

竜之介が言った。舟だけでなく、平十も瀬川屋の仕事から離れていた。船宿の仕事に支障をきたしているのではあるまいか。数日前、竜之介は吉造に二両包んで渡しておいたが、瀬川屋の舟を使わずに済むところは、歩いた方がいいだろう。

「たまには、歩きやすか」

平十が言った。

「そうしよう」

浅草諏訪町は、瀬川屋のある柳橋から近かった。日光街道へ出て、北にむかえばすぐである。

竜之介と平十は、日光街道へ出てから北にむかった。そして、浅草御蔵の前を通り過ぎ、さらに歩いて諏訪町に入った。街道の両側に、諏訪町の町並がひろがっている。

「大川端へ行ってみるか」

竜之介が言った。街道の左手の通り沿いには店屋が多く、情婦を囲っておけそうな借家があるとは思えなかった。それに、伊勢造は情婦をかこっている借家は、大川端にあったと話したのだ。

竜之介たちは、右手の路地に入った。しばらく歩くと、前方が急にひらけ、大川の川面がひろがっていた。轟々という流れの音が、耳を聾するほどに聞こえてきた。猪牙舟や茶船などが行き交っている。

竜之介は大川端に出ると、川岸に植えてあった桜の樹陰に足をとめ、

「どうだ、別々に探さないか」

と、平十に言った。

「ようがす」

「一刻ほどしたら、この桜の下にもどってくれ」

そう言って、竜之介は平十と分かれた。

竜之介はひとりになると、川上にむかって歩いた。そして、道沿いにあった下駄屋に立ち寄った。地元の者に訊いた方が早いと思ったのだ。

竜之介は店先にいた親爺らしい男に、

「ちと、訊きたいことがあるのだがな」

と、声をかけた。

「なんでしょうか」

親爺は腰を屈めて、竜之介に向けて愛想笑いを浮かべた。客ではないが、相手が武士だったので、下手に出たのだろう。

「この近くに借家はないかな」

「借家ですか」

親爺が訝しそうな目をした。武士が、いきなり借家のことなど持ち出したからだろう。

「そうだ。妾が住んでいたらしい」

竜之介が声をひそめて言った。

「妾ですか……」

親爺はそう言って、首を捻っていたが、

「妾かどうか知りませんが、この先に、年増がひとりで住んでいる借家があると聞きましたよ」

と、つぶやくような声で言った。

「どう、行けばいい」

「二町ほど歩くと、船宿があります。その斜向かいですよ」

親爺が、通りの先を指差して言った。

竜之介は、さらに川上にむかって歩いた。二町ほど歩くと、川沿いに船宿があった。脇に桟橋があり、舫ってある二艘の猪牙舟が波に揺れていた。その船宿の斜向かいに、板塀をめぐらせた仕舞屋があった。

……あれだな。

竜之介は胸の内でつぶやき、借家に近付いた。

通りに面したところに、吹抜門があった。門といっても、丸太を二本立てただけの簡素なもので、門扉もなかった。

竜之介は門の脇まで行って、なかを覗いてみた。家の戸口の板戸はしまっていた。物音も話し声も、聞こえなかった。ひとのいる気配がない。

竜之介は、だれもいないようだ、と思い、門の脇から離れようとした。そのとき、背後に近寄ってくる足音を耳にした。

咄嗟に、竜之介は刀の柄に手を添えて、振り返った。

「だ、旦那、あっしでさァ」

平十が目を剝いて言った。

「なんだ、平十か。あやうく、斬るところだったぞ」

竜之介は刀の柄から手を離した。

「借家には、だれもいねえようだ」

平十が声をひそめて言った。

「近所で、聞いてみるか」

竜之介は、情婦のこともあるが、それより芝蔵がこの家に立ち寄ることがあるのか知りたかったのだ。

竜之介と平十は別々に聞き込み、大川端にあった船宿の近くにもどることにして、その場で分かれた。

竜之介はすこし川上にむかって歩き、道沿いにあった何軒かの店に立ち寄って、借家のことを聞いてみた。その結果、借家に住んでいた妾は、二年ほど前に病で死んだことが分かった。

その後、男が借家に出入りするのを見た者はいたが、その男が何者か知る者はいなかった。

竜之介が船宿の近くにもどると、平十が待っていた。

「帰りながら、話すか」

竜之介が言った。

「そうしやしょう」

竜之介と平十は、来た道をもどりながら話した。

竜之介が、妾は二年ほど前に病で死んだことと、その後も、男が出入りしているらしいことを話した。

「旦那、そいつは芝蔵のようですぜ」

平十が目をひからせて、借家に出入りしているのは、妾をかこっていた男だと話した者がいたことを口にした。

「芝蔵か」

竜之介は、借家に目をくばっていれば、芝蔵を捕らえることができるのではないかとみた。

## 4

その日、竜之介と平十が瀬川屋の離れにもどり、おいそが淹れてくれた茶を飲みながら一休みしていると、茂平と寅六が顔を出した。

「ここに、座ってくれ」

竜之介が、ふたりに声をかけた。そして、ふたりが、腰を落ち着けるのを待って、

「何か知れたか」

と、訊いた。竜之介はふたりが、何か知らせることがあって離れに顔を出したとみたのである。

「へい、立沢の塒が知れやした」

寅六が言った。無口な、茂平は黙っていた。この場は、寅六にまかせる気らしい。

「それで、本所のどこだ」

竜之介が訊いた。寅六たちは、本所に探りにいったのだ。

「相生町、四丁目でさァ」

本所相生町は、竪川沿いにあった。一丁目から五丁目まで順につづいている。

「借家か」

「そうで」

「立沢は、その家にいたのか」

「それが、留守だったんでさァ」

寅六と茂平は近所で聞き込み、立沢の塒は借家で、一人住まいらしいことを聞き

出したという。また、近ごろ、借家を留守にしているらしいことも分かったそうだ。

「おれたちから、身を隠すために塒を変えたのかな」

竜之介がつぶやくような声で言った。

すると、これまで黙って話を聞いていた茂平が、

「しばらく、あっしらで見張りをつづけやす。……立沢が、このまま隠れ家にもどらねえはずはねえ」

と、自分にも言い聞かせるようにつぶやいた。

「寅六と茂平は、隠れ家の見張りをつづけてくれ。ただ、油断するなよ。立沢は遣い手だ。下手に手を出すと、返り討ちに遭うぞ」

「油断はしねえ」

茂平がつぶやくと、寅六も顔を厳しくしてうなずいた。

「ところで、千次とおこんは、どうした」

竜之介が、茂平たちに目をやって訊いた。

「ふたりも、本所を探っていたようですぜ」

寅六が、二ツ目橋のたもと近くで千次たちの姿を見かけたことを話した。

竪川にかかる橋には、大川に近い西から東にむかって一ツ目橋、二ツ目橋、三ツ

目橋……、と順に名がついていた。

「千次たちに会ったら、瀬川屋に顔を出すように伝えてくれ。ふたりに、頼みたいことがあるのだ」

竜之介は、ふたりにも、諏訪町にある芝蔵が妾をかこっていた家の見張りを頼むつもりだった。それというのも、千次たちふたりだけで立沢の隠れ家を嗅ぎまわるのは、危ないとみたからだ。

「承知しやした」

寅六が応えると、茂平は無言でうなずいた。

翌朝、千次とおこんが、瀬川屋に姿を見せた。竜之介は千次とおこんも連れて諏訪町に行くつもりだった。芝蔵が情婦をかこっていた借家を見張るのである。

「旦那、今日は舟を使いやしょう」

平十が、千次たちにも聞こえる声で言った。

「そうだな」

竜之介も、借家の近くに船宿があり、桟橋があったのを思い出した。その船宿の桟橋なのだろうが、平十なら船頭に声をかければ、舟をとめておけるはずである。

「桟橋に、来てくだせえ」

平十が意気込んで言った。平十は若いころから船頭をしていたので、江戸市中の河川や掘割は自分の庭のように知っていたし、竜之介や仲間にも楽をさせてやれるので、舟を使いたがったのだ。

竜之介、千次、おこんの三人が、舟に乗り込むと、

「舟を出しやすぜ！」

艫に立った平十が声をかけ、棹を使って桟橋から舟を離した。

舟は水押しを川上にむけて遡り始めた。晴天だった。朝日が、川面に映じて淡い黄金色に輝いている。朝の川風が竜之介たちの頬を撫ぜ、唇をかすめて吹き抜けていく。

「気持ちのいい朝だねえ」

おこんが目を細めて言った。

「おれも、船頭になろうかな」

千次が、声高に言った。

そんなやり取りをしながら、竜之介たちの乗る舟は、浅草御蔵を左手に見ながら大川を遡っていく。

舟は浅草御蔵の前を通り過ぎ、左手に三好町と黒船町の家並を見ながらさらに上流にむかった。

「舟をとめやすぜ！」

平十が声をかけ、水押しを左手の岸にむけた。

桟橋があった。その辺りは、諏訪町である。芝蔵が情婦をかこっていた借家が近くにあるはずだ。

平十は桟橋に船縁を寄せてから、桟橋にいた船頭に、

「猪吉、すまねえが、舟をとめさせてもらうぜ」

と、声をかけた。どうやら、平十の知り合いらしい。

「かまわねえよ」

そう言って、猪吉は桟橋にとめてあった舟に乗り込んだ。吉原に、朝帰りの客を迎えにいくのかもしれない。

船縁が桟橋に着くと、竜之介たちは舟から下りた。そして、平十が舟を舫い杭に繋ぐのを待って、大川沿いの道に出た。

「こっちだ」

竜之介が先に立ち、船宿の斜向かいにある板塀をめぐらせた仕舞屋にむかった。

竜之介は仕舞屋の手前で足をとめ、

「その家だ」

と言って、指差した。

## 5

仕舞屋はひっそりしていた。物音も人声も聞こえない。

「念のため、様子をみてみるか」

竜之介が、先にたって歩きだした。おこん、千次、平十が竜之介の後につづいた。

竜之介たち四人は、通行人を装い、仕舞屋の前ですこし歩調を緩めただけで通り過ぎた。そして、四人は一町ほど通り過ぎたところで足をとめ、大川の岸際に身を寄せた。通行人の邪魔にならないように気を遣ったのである。

「やはり、留守らしい」

竜之介が言うと、平十たち三人がうなずいた。

「留守のようだな」

竜之介が言った。

「どうしやす」

平十が訊いた。

「念のため、近所で聞き込んでみるか」

竜之介が、半刻（一時間）ほどしたら、桟橋の前にもどるよう話して、その場で分かれることにした。

「ま、待って！」

ふいに、おこんが歩きかけた足をとめ、「見て、借家を」と言って指差した。

見ると、借家の前に若い男が立っていた。遊び人ふうである。小袖を裾高に尻っ端折りし、両脛をあらわにしていた。

竜之介たちは、岸際に立って大川の方に体をむけたまま、ときおり振り返って若い男に目をやった。

若い男は借家の戸口に立つと、板戸をあけてなかに入った。

「やつは、芝蔵の子分かもしれねえ」

平十が、借家の戸口を見すえて言った。

「そうだな」

竜之介も、子分とみた。ただ、盗賊一味かどうかは分からない。

「ど、どうしやす」

千次が昂った声で訊いた。

「捕らえよう」

竜之介は、若い男を捕らえて話を聞けば、芝蔵の居所が知れるとみた。

「へい！」

平十が意気込んで言い、借家の方に歩きかけた。

「待て！」

竜之介が声をかけ、

「やつが出て来るのを待って、借家から離れたところで捕らえるのだ。それに、芝蔵とはかかわりのないことにして、捕らえたいな」

と、言い添えた。

「あたしに、やらせてよ」

おこんが、男たちに目をやって言った。

「どうやる」

「まァ、見てて。……あたしが、旦那たちを呼んだら、駆け付けてあの男に縄をかけて」

おこんはそう言い残し、ひとりで借家の方にむかった。

竜之介たち男三人は借家にすこし近付き、大川の岸際に立っておこんに目をやった。おこんは、借家の戸口近くに足をとめ、若い男が出てくるのを待っていた。男はなかなか借家から出てこなかった。

おこんは戸口近くに立って、辛抱強く男が出てくるのを待った。男が借家に入って半刻（一時間）ほど経ったろうか。戸口の板戸があいて、男が姿を見せた。風呂敷包みを抱えている。どうやら、借家に何か取りに来たようだ。

男は戸口に立って、通りの左右に目をやってから、歩きだした。おこんが立っている方に歩いてきた。

おこんは、男の方にむかって歩きだした。身を隠そうとはせず、通行人を装い、下駄を鳴らして男に近付いていく。

おこんは男と擦れ違うとき、ふいに、男に身を寄せて肩を男の肩に当てた。ふいをつかれて、男がよろめいた。おこんも大きくよろめいて見せ、

「この男、掏摸だよ！　あたしの、財布を抜き取った」

と、甲高い声で言った。

「な、何を、言やァがる！　てめえの方で、突き当たったたんじゃァねえか」

男が、怒鳴った。

通りかかった者たちが路傍に足をとめ、おこんと男に目をやった。そこへ、竜之介たち三人が走り寄った。

「この男の懐を見てよ。あたしの紙入れが、あるはずだよ」

おこんが、集まった者たちに聞こえるような声で言った。

「おめえの物など、ありゃァしねえ」

男はそう言って、自分の懐に手をつっ込んだ。

男は目を剝き、懐に手をつっ込んだまま凍りついたように身を硬くした。

「その手を、懐から出してみろ!」

竜之介が語気を強くして言った。

男は恐る恐る右手を懐から出した。女物の紙入れをつかんでいる。男は息を吞んで、その場に棒立ちになった。

「ち、ちがう! おれは何もしてねえ」

男が、声を震わせて言った。

「おれたちは通りかかった者だが、これも何かの縁だ。捕らえて、町方に引き渡してくれよう」

竜之介が大声で言うと、そばにいた平十と千次が、男の両腕を後ろにとって縛り上げた。

「連れていけ！」

竜之介が、平十たちに声をかけた。

竜之介たちは、捕らえた男を桟橋に連れていった。そして、舫ってある舟に乗せて大川を下った。

「旦那、こいつを、どこへ連れて行きやす」

平十が訊いた。

「そうだな。……どこか、人目につかないところに、舟をとめておけるか」

竜之介は、瀬川屋の離れに連れ込むことも考えたが、瀬川屋を事件に巻き込みたくなかったので、別の場所で話を聞いてみようと思ったのだ。

「佃島の近くは、どうです」

「そこでいい」

竜之介が、流れの音に負けないように大声で言った。

## 6

竜之介たちは大川を下り、佃島の東方の浅瀬にあった舫い杭の脇に舟をとめた。そこは大川の河口で、南方に江戸湊がひろがっていた。ほとんど流れはなく、舟をとめておくのにいい場所だった。それに、近くに他の舟はなく、人目を引く心配もなかった。ときおり、近くに住む漁師の舟が通ったが、竜之介たちの舟を見ても、不審を抱くようなことはなかった。付近で、釣舟が浅場で釣りをしていることがあったからだろう。

「おれは、火盗改だ」

竜之介が、身分を名乗った。すると、男の顔から血の気が引き、体が顫えだした。火盗改に捕らえられるとは、思ってもみなかったのだろう。

「おまえの名は」

竜之介が訊いた。

「さ、佐吉で……」

男が声を震わせて名乗った。

「その風呂敷包みには、何が入っている」

竜之介は、佐吉が借家から持って出た風呂敷包みに目をやって訊いた。いま、その風呂敷包みは、千次が持っていた。佐吉が捕らえられるときに落としたのを、千次が拾って持ってきたのである。

「き、着物でさァ」

佐吉が言った。

「千次、あけてみろ」

「へい」

すぐに、千次が風呂敷包みをひらいた。なかに、女物の小袖が入っていた。その小袖といっしょに煙管と莨入が包んであった。いずれも上物で、男物だった。

「これを取りに来たのだな」

竜之介が訊くと、佐吉は戸惑うような顔をしたが、

「そうでさァ」

と、小声で言った。隠しようがないと思ったのだろう。

「これは、だれの物だ」

竜之介が声をあらためて訊いた。

「あっしので」

すぐに、佐吉が答えた。

「おい、自分の物なら風呂敷などに包んで隠すことはないだろう。それに、あの家はおまえが住んでいたところではないぞ」

竜之介が、語気を強くして言った。

「……！」

佐吉は、口をつぐんで顔を伏せてしまった。

その後、竜之介が何を訊いても、佐吉は答えなかった。

竜之介は、この場で、佐吉を痛めつけて訊問することはできなかった。漁師の舟や荷を積んだ茶船などが、近くを通りかかることがあったのだ。拷問しているところを漁師や船頭が目にしたら、何事かと思うだろう。

竜之介が佐吉を見すえて口をつぐんでいると、

「旦那、瀬川屋へ帰りやすか」

と、平十が訊いた。

「いや、このまま築地へむかってくれ」

「横田さまのお屋敷ですかい」

「そうだ。この男は、なかなか口をひらきそうもないからな」

竜之介が言うと、

「あたしも、横田さまのお屋敷へ行くの」

おこんが、戸惑うような顔をして訊いた。おこんも、横田屋敷に入るのは、嫌なのだろう。

「いや、おこんたちは、横田さまの屋敷には行かず、おれと佐吉を下ろしたら、平十の舟で瀬川屋へもどってくれ」

平十の舟を使ったとき、竜之介は、密偵たちを横田屋敷に連れていくようなことはしなかった。密偵たちが嫌ったし、竜之介も密偵たちを拷問蔵のある横田屋敷に入れたくなかったのだ。

平十は、舟の水押しを西方にむけた。そして、築地方面にむかい、西本願寺の裏手につづく掘割に入った。その掘割をたどり、横田屋敷の近くにある船寄に船縁を寄せると、

「着きやしたぜ」

と、平十が声をかけた。

竜之介が先に舟から下り、千次が佐吉を舟から下ろした。佐吉は後ろ手に縛られ

ているので、一人では下りられなかったのだ。

「平十、陽が沈むころ、迎えに来てくれ」

竜之介が声をかけた。

「承知しやした」

そう応えると、平十は千次が舟に乗るのを待って船寄から舟を離した。

竜之介は、佐吉を連れて横田屋敷にむかった。そして、屋敷の門前まで来ると、いつものように門番に名と来意を告げてから表門をくぐった。そして、用人の松坂に、罪人を捕らえたので訊問することを告げた。

「殿に、お知らせしなくてもいいかな」

松坂が訊いた。

「いまのところ、捕らえた男は、事件にかかわったかどうかはっきりしないのだ。それに、いまは話を聞くだけなので、御頭の手を煩わせるほどのことはないだろう」

「承知した」

すぐに、松坂は腰を上げた。

竜之介は、佐吉を屋敷内にある白洲に連れていった。拷問する前に、もう一度白洲で訊問してみようと思ったのだ。

　竜之介は、いつものように仮牢の番人の重吉を呼んだ。横田屋敷の白洲で科人を吟味するとき、重吉を使うことが多かったのだ。

　竜之介は、重吉に吟味の場に筵を敷かせた。そして、連れてきた佐吉を筵に座らせた。重吉はその場に残り、青竹を手にして佐吉の背後に立った。重吉は責役である。佐吉が訊問に答えない場合、青竹でたたくのである。

## 7

「佐吉、顔を上げろ」

　竜之介は、一段高い座敷に座って佐吉に声をかけた。竜之介は白洲に座ると、人が変わったように凄みのある顔になるが、いまはふだんの竜之介と変わらなかった。佐吉は使いっ走りで、盗賊一味ではない、とみていたからである。

　佐吉は、恐る恐る顔を上げた。そして、一段高い場に座している竜之介を見て、怯えるような表情を浮かべた。佐吉は、火盗改の屋敷内での訊問が過酷であることを知っているのだろう。

「ここが、どこか分かるな」

竜之介が訊いた。

「へ、へい……」

佐吉の声が震えた。

「おまえが、小袖と莨入などを持ち出したのは、芝蔵が情婦を囲っていた家だな」

竜之介が念を押すように訊いた。

「そうで……」

佐吉は小声で答えた。

「芝蔵に言われて、取りにきたのだな」

「……………」

佐吉は、口をとじたまま ちいさくうなずいた。

「芝蔵は、どこにいる」

竜之介が佐吉を見すえて訊いた。

佐吉は答えなかった。顔を伏せて、膝先に視線をむけている。顔が蒼ざめ、体が顫えていた。

「芝蔵の居所を知っているはずだ」

竜之介が語気を強くして訊いた。

佐吉は、顔を伏せたまま口をひらかなかった。すると、佐吉の背後に立っていた重吉が、申し上げな、申し上げな、と言いながら、手にした青竹で、佐吉の背中をビシビシと叩(たた)いた。

佐吉は青竹で叩かれる度に、苦しげな呻(うめ)き声を上げた。

「芝蔵は、どこにいる！」

「し、知らねえ」

佐吉は答えなかった。

「やはり、白洲(せめ)では話す気にならぬか」

竜之介は、拷問蔵(ぐら)に連れていけ、と重吉に声をかけた。

拷問蔵は、横田が土蔵を改造したものである。白洲と同じように、一段高い座敷に、吟味する者が座り、土間に下手人が座るような造りになっている。ただ、土間には小砂利が敷いてあり、下手人はその上に座らされる。それに、土蔵のなかには、様々な拷問具が並べられていた。下手人を叩く青竹、釣責(つりぜめ)に使われる吊(つ)り縄、海老(えび)責(ぜめ)用の縄、なかでも目を引くのは、石抱きに使われる角材と平石である。角材のなかには、罪人の血を吸ってどす黒く染まっている物もある。

佐吉は拷問蔵に入り、なかに置かれている拷問具を目にすると、顔から血の気が失せ、体の顫えが激しくなった。

竜之介は正面の座敷に座らずに脇に立つと、拷問蔵に呼んだふたりの責役の男に、佐吉を座らせるよう指示した。

責役のふたりは、小砂利を敷いた土間に佐吉を座らせた。

佐吉が、苦痛に顔をしかめた。砂利の上に座っただけでも痛いのだ。

「佐吉、もう一度訊く、芝蔵はどこにいる」

竜之介が静かな声で訊いた。

「し、知らねえ」

佐吉が、声を震わせて言った。

「やはり、痛い目をみぬと、しゃべる気にならぬか」

竜之介は、責役のふたりに、

「石を抱かせてやれ」

と、低い声で言った。

責役のふたりは、すぐにその場を離れ、拷問蔵のなかに並べられていた三角形の角材を何本も運んできた。そして、尖(とが)った角を上にして並べた。その角材のなかにも、血でどす黒く染まっている物があった。

佐吉は膝先に並べられた角材を見て、恐怖に顔をひき攣(つ)らせた。体の顫えが、激しくなっている。

「座らせろ」

竜之介が、ふたりの責役に声をかけた。

すると、ふたりは佐吉の両腕を取って立たせ、嫌がる佐吉を無理やり角材の上に座らせた。

ヒイイッ！

佐吉が、喉(のど)を裂くような悲鳴を上げた。

「話す気になったか。……芝蔵は、どこにいる」

竜之介は、同じことを訊いた。

佐吉は苦しげな呻き声を洩(も)らしただけで、何も言わなかった。

「石を抱かせてやれ」

竜之介が、ふたりの責役に声をかけた。

すると、ふたりの責役は平石を運んできて、佐吉の膝の上に置こうとした。

「話す！　話す！」

佐吉が悲鳴のような声で言った。

……いくじのないやつだ。

竜之介は胸の内でつぶやいたが、

「佐吉を、筵に座らせてやれ」

と、ふたりの責役に声をかけた。

## 8

竜之介は、佐吉が筵の上に座るのを待って、

「もう一度訊く、芝蔵は、どこにいる」

と、佐吉を見すえて訊いた。

「し、知らねえ。嘘じゃァねえ。あっしは、親分の塒は知らねえんで」

佐吉が声を震わせて言った。佐吉は芝蔵のことを親分と呼んだ。親分子分の関係だったのだろう。

「おまえは、芝蔵に小袖や煙管など、借家から持ってくるように言われて取りにき

たのではないのか」

「そうでさァ」

「どこへ、持っていくことになっていたのだ」

「小料理屋でさァ」

「その小料理屋に、芝蔵はいるのではないのか」

「いるかどうか、分からねえ」

佐吉は、芝蔵から、借家から持ってきた物を小料理屋の女将に渡すように言われていたという。

「その女将は、芝蔵とどうかかわりがあるのだ」

「情婦でさァ」

「情婦だと。芝蔵は、諏訪町の借家に情婦をかこっていたのではないのか」

借家に住んでいた情婦は、すでに亡くなっていたが、二年ほど前のことである。その借家も、そのまま残っている。新しい情婦と住むのは、すこし早いのではあるまいか。それに、芝蔵は、三年ほど前に江戸を離れていたこともあるはずだ。

「小料理屋の女将は、ちかごろ出入りするようになった新しい情婦でさァ」

「それで、芝蔵は女物の小袖も持ってくるように言いつけたのだな」

竜之介は、佐吉が持ち出したなかに女物の小袖があった理由が分かった。

「その小料理屋は、どこにある」

「東仲町で」

「東仲町のどこだ」

「浅草寺の門前の広小路近くで、篠田屋ってえ大きな料理茶屋がありやす。小料理屋は、その斜向かいでさァ」

「篠田屋な。……それで、小料理屋の店の名は」

「菊乃屋で」

佐吉によると、女将の名が菊乃で、そのまま店の名にしたという。

それだけ分かれば、菊乃屋はすぐつきとめられる、と竜之介は思った。

「ところで、芝蔵の仲間のことを知っているか」

竜之介が声をあらためて訊いた。

「仲間かどうか知らねえが、菊乃屋で二本差しといっしょに飲んでるのを見たことがありやす」

「そいつの名は、立沢ではないか」

「そうでさァ」

「他にも、いるか」

「安次郎という男が、菊乃屋に来ていっしょに飲んでたことがありやす」

「安次郎も姿を見せたか」

竜之介がつぶやいた。どうやら、菊乃屋は芝蔵一味の連絡場になっているようだ。

「ところで、安次郎の塒を聞いているか」

「知りやせん」

「うむ……」

竜之介は、佐吉が隠しているとは思わなかった。安次郎の塒は知らないようだ。

竜之介はさらに他の仲間や隠れ家のことも訊いたが、新たなことは分からなかった。竜之介が口をとじると、

「あっしを、帰してくだせえ」

と、佐吉が縋るような目をむけて言った。

「殺されても、いいのか」

「……！」

佐吉の顔が、ひき攣ったようにゆがんだ。

「おまえが、おれたちに捕らえられたことは、いずれ芝蔵に知れるぞ。芝蔵は火盗改に捕らえられたおまえが、帰ってきたことを知れば、どう思う。……芝蔵たちのことをしゃべったとみるだろうな」

「そ、そうかもしれねえ」

佐吉が声を震わせて言った。

「命が惜しかったら、しばらくここで暮らせ」

「ここで……」

佐吉が泣き出しそうな顔をした。

「牢だ。すこし暗いが、飢えるようなことはない」

竜之介は、横田屋敷にある仮牢に佐吉を入れておこうと思った。

竜之介は責役のふたりと重吉に、佐吉を仮牢に入れておくよう指示して拷問蔵を出た。

陽は西の家並の向こうに沈みかけていた。

竜之介は、そろそろ平十が舟で迎えにくるころかと思い、横田屋敷を出ると、船寄の方に足をむけた。

船寄に、猪牙舟がとまっていた。ふたり乗っている。平十と千次だった。千次も、いっしょに来たらしい。

竜之介は船寄に近付くと、

「待たせたか」

と、ふたりに声をかけた。

「あっしらも、来たばかりでさァ」

平十が言った。

竜之介は船寄に下り、舟に乗り込んだ。そして、船底に腰を下ろすと、「舟を出してくれ」と平十に声をかけた。

平十は棹を巧みに使って、舟を船寄から離しながら、

「佐吉は吐きましたかい」

と、声高に訊いた。舟を出すときに起こる波が船寄を打ち、ちいさな声では聞こえないのだ。

「吐いた。芝蔵の居所がつかめるかもしれぬ」

竜之介は、明日にも東仲町に行ってみようと思った。

# 第四章　追　跡

## 1

竜之介が、瀬川屋の離れでおいそが支度してくれた朝餉を食べていると、戸口に近付いてくる下駄の音がした。ふたりらしい。

下駄の音は、戸口でとまり、

「雲井さま、おこんさんが、みえてますよ」

と、お菊の声がした。

「入ってくれ」

竜之介は、食べ終えた茶碗を箱膳の上に置いた。

お菊につづいて、おこんが土間に入ってきて、

「あら、いまごろ朝飯(あさはん)なの」

土間に立ったまま驚いたような顔をした。

「今日は、すこし寝過ごしてな」

竜之介が苦笑いを浮かべて言った。

すでに、陽は高くなっていた。五ツ（午前八時）を過ぎているのではあるまいか。

昨日、竜之介は横田屋敷まで行って捕らえた佐吉を吟味し、帰ってから一杯やったこともあって、今朝は遅くまで寝てしまったのだ。

「今日は、浅草まで行くんでしょう」

おこんが訊いた。

「そのつもりだが……」

竜之介は語尾を濁して言い、お菊に目をやると、

「わたし、店に帰る。何かあったら、店に来て話して」

そう言い残し、お菊は離れの戸口から出ていった。竜之介とおこんとで、大事な話をすると思ったようだ。

「気が利く娘(こ)ねえ」

おこんが、戸口から離れていくお菊の背に目をやって言った。

「まだ、子供だ」

竜之介は箱膳を脇にやった。

「旦那(だんな)は、これから東仲町まで行くんでしょう」

おこんが、声をひそめて訊いた。

「そのつもりだ」

「平十さんから聞いてね。あたしも、行くつもりで来たの」

おこんが言った。

「頼む」

竜之介は、菊乃屋という小料理屋を探すために浅草の東仲町へ行くつもりだった。おこんは浅草にくわしいので、頼りになるだろう。

「桟橋で、平十さんと千次さんが、待ってましたよ」

どうやら、おこんはここに来る前に平十たちと顔を合わせ、竜之介を迎えにきたらしい。

「すぐに、行かねば」

竜之介は、傍らに置いてあった刀を手にして立ち上がった。

竜之介がおこんとふたりで、瀬川屋の桟橋に行くと、すでに平十は猪牙舟の船梁(ふなばり)

に腰を下ろしていた。千次は、桟橋に立っている。

竜之介は桟橋に下りると、平十の乗る舟に近付き、

「待たせたようだ」

と声をかけ、すぐに舟に乗り込んだ。

おこんと千次は竜之介につづいて舟に乗ると、船底に腰を下ろした。

「舟を出しやすぜ」

平十が声をかけ、棹を使って舟を桟橋から離した。

竜之介たちの乗る舟は、大川を遡り、駒形堂近くの桟橋に舟をとめた。千次、おこん、竜之介の順に舟を下り、平十は舫い綱を杭にかけてから桟橋に下りてきた。

桟橋から陸地に上がると、駒形堂が右手に見えた。堂の近くを参詣客や遊山客などが行き交っている。

竜之介たちは駒形堂の脇を通り、浅草寺の門前通りに出た。そこも、人出が多かった。通り沿いにある料理屋や料理茶屋などが目につき、浅草寺の門前に近付くほど賑やかになった。

竜之介たちは、いったん浅草寺の門前に出てから人通りの多い広小路に入った。広小路の南方につづいているのが、東仲町である。

竜之介は料理屋の脇に足をとめ、

「どうだ、手分けして探さないか」

と、平十たち三人に声をかけた。

「そうしやしょう」

すぐに、平十が言った。

竜之介たちは一刻(いっとき)(二時間)ほどしたら、広小路にもどることにし、その場で分かれた。ひとりになった竜之介は、広小路を西にむかって歩き、右手に賑やかな通りがあるのを目にしてそちらにおれた。

通り沿いには、料理屋、料理茶屋、そば屋などが並び、女郎屋もあった。

竜之介は料理茶屋を探しながら歩き、それらしい店が目にとまると、入口の掛看板に目をやったり、近所の店に立ち寄って店の名を聞いたりしたが、篠田屋は見つからなかった。通りは先へ行くほど浅草寺から離れることもあって、大きな店がすくなくなり、行き交う人もまばらになってきた。

竜之介が諦(あきら)めて、広小路にもどろうとしたとき、足早に歩いてくる平十の姿が目にとまった。

竜之介は路傍に立って、平十が近付くのを待ち、

「平十、篠田屋は知れたか」

と、声をかけた。

平十は驚いたような顔をして足をとめたが、竜之介と気付くと、

「知れやした」

と、昂った声で言った。

「どこだ」

「この先でさァ」

平十が通りの先を指差した。

「小料理屋の菊乃屋はあったのか」

竜之介たちは、菊乃屋を見つけるために篠田屋を探していたのである。

「ありやした」

平十が声高に言った。

「よく見つかったな」

竜之介は、平十が広小路から別の通りに入るのを見ていたのだ。

「広小路近くにあった料理屋に立ち寄って、訊いてみたんでさァ」

平十によると、その料理屋の若い衆が、篠田屋はこの通りにあると教えてくれた

もどってくるだろう。
まだ、広小路を離れてから一刻（二時間）は経っていないが、それほど待たずに
「広小路にもどって、千次とおこんを連れてくるか」
という。

## 2

「来やしたぜ！」

平十が広小路の先を指差して言った。

千次とおこんが、行き交う人のなかを縫うようにして歩いてくる。

「ここだ」

平十が手を上げて、声をかけた。

千次とおこんは、平十と竜之介に気付くと、足早に近付いてきた。

おこんは竜之介に身を寄せ、

「篠田屋は、みつかりませんでした」

と、肩を落として言った。

「平十がつきとめたようだ」

　竜之介が言うと、

「さすが、平十さんだ。陸(おか)に上がっても、やることが早い」

　と、千次が感心したような顔をして言った。

「そんなこたァねえ。たまたま、見つかっただけだ」

　平十が照れたような顔をした。

「ともかく、菊乃屋に行ってみよう」

　竜之介が、「平十、案内してくれ」と声をかけた。

　平十は、先に立って篠田屋のある通りに入った。通りをしばらく歩いてから、平十は路傍に足をとめ、

「篠田屋は、その店でさァ」

　と言って、大きな二階建ての料理茶屋を指差した。浅草寺からはすこし離れた場所だったが、盛っているらしく、二階の座敷から嬌声(きょうせい)や客の談笑の声などが聞こえてきた。どこかの座敷に、綺麗所(きれいどころ)でも来ているらしく弦歌の音も耳にとどいた。

「あれが、菊乃屋ですぜ」

　平十が、篠田屋の斜向(はす)かいにある小料理屋らしい店を指差して言った。

「近付いてみるか」

竜之介たちは通行人を装い、四人ばらばらになって菊乃屋に足をむけた。

菊乃屋は小体な店だったが、二階もあった。二階には店の者が寝泊まりする部屋があるのかもしれない。

菊乃屋の入口は、洒落た造りの格子戸になっていた。客がいるらしく、男の談笑する声が聞こえた。

竜之介たちは菊乃屋の前を通り過ぎ、半町ほど離れてから路傍に足をとめた。

「客がいるようだな」

竜之介が言った。

「センキチ、と呼び声が、聞こえやしたぜ」

千次が脇から口を挟んだ。

「何人か、いるようでしたよ」

と、おこんが男たちに目をやって言った。

「店に踏み込むわけにはいかないし……。店のことを知っていそうな男が出てきたら、訊いてみるか」

竜之介は、芝蔵が店にいれば、踏み込んで捕らえるのも手だと思った。

竜之介たち四人は、菊乃屋からすこし離れたところにあった居酒屋の脇に身を隠し、菊乃屋から話の聞けそうな者が出てくるのを待った。

竜之介たちがその場に身を隠して、半刻も経ったろうか。菊乃屋の格子戸があいて、職人ふうの男がふたり出てきた。年配の男と若い男だった。どんな仕事をしているか分からなかったが、親方と弟子かもしれない。

「あたしが、訊いてきましょうか」

おこんが、その場を離れた。

おこんは、背後からふたりの男に近付き、
と言って、親方らしい年配の男の脇に身を寄せた。

「ごめんなさい」

「姐さん、あっしらに何か用ですかい」

年配の男が、目尻を下げて言った。

「旦那たちが、菊乃屋さんから出てきたところを見かけましてね。訊きたいことがあるんですよ」

そう言って、おこんはふたりの男と歩調を合わせて歩きだした。

「何が訊きてえんだい」

「あたし、菊乃屋さんで、働きたいと思ってるんだけど、顔を合わせたくない男が、菊乃屋さんによく来ると聞いて、二の足を踏んでるんですよ」

おこんが、声をひそめて言った。

「なんという名の男だい」

年配の男は、目尻を下げたまま言った。

「芝蔵ですよ」

「芝蔵……！」

年配の男の顔が、こわばった。

「芝蔵という男が、菊乃屋さんに来ることはないかい」

さらに、おこんが訊いた。

「あるよ。ときどき、店に来るようだ」

年配の男に代わって、若い男が口を挟んだ。

「やっぱり、菊乃屋に来るのか」

おこんは肩を落としてそう言った後、

「旦那たちは、知らないかもしれないけど、芝蔵には子分もいるんだよ。菊乃屋には、子分も来るかもしれないね」

と、言い添えた。

「姐さん、芝蔵の子分らしい男が、店にいやしたぜ」

若い男が、おこんに身を寄せて言った。

「いたかい。その男の名も、知ってるのかい」

おこんは、若い男の耳元に顔を近付けて訊いた。

「仙吉だよ」

若い男が声をひそめて言ったとき、

「おい、よけいなことを喋るんじゃァねえ」

と、年配の男が顔をしかめて言い、若い男の袖をつかんで引っ張った。

若い男が慌てておこんから離れると、

「菊乃屋さんで、働くのは諦めるよ」

そう言って、おこんは足をとめた。

おこんは、竜之介たちのそばにもどると、ふたりの男とのやりとりをかいつまんで話した。

「仙吉という男から話を聞いてみるか」

竜之介が、その場いた三人に目をやって言った。

## 3

竜之介たち四人は居酒屋の脇に身を隠し、菊乃屋の店先に目をやっていた。仙吉らしい男が、出てくるのを待っていたのだ。

仙吉らしい男は、なかなか出てこなかった。竜之介たちが、その場に身を隠して一刻（二時間）ほど経ったろうか。竜之介が生欠伸を噛み殺したとき、菊乃屋の格子戸があいた。

「出てきた！」

千次が、声を上げた。

姿を見せたのは、若い男だった。小袖を裾高に尻っ端折りし、両脛をあらわにしていた。遊び人ふうである。

「仙吉らしいな」

竜之介が言った。

仙吉らしい男は懐手をして、雪駄の音をちゃらちゃらさせながら、竜之介たちのいる方に歩いてくる。

「やり過ごしてから、捕らえる」

竜之介が、その場にいた三人に言った。

仙吉らしい男は、竜之介たちが身を隠している居酒屋の前を通り過ぎた。竜之介たちは通りに出て、仙吉らしい男の跡を尾けた。気付かれないように、四人はすこし間をとっている。

仙吉らしい男が、菊乃屋から遠ざかったとき、

「行くぞ！」

と、竜之介が声をかけて走りだした。

竜之介と千次が通りの端を通って、仙吉らしい男の前に出た。そして、すこし間をとってから反転した。

竜之介たちが仙吉らしい男に迫ると、男は驚いたような顔をして立ち止まった。いきなり見知らぬ男がふたり、前に立ちふさがったからだろう。

仙吉らしい男は、反転した。竜之介たちから逃げようとしたらしい。だが、仙吉らしい男は、その場から動かなかった。目の前に、平十とおこんが立っていたからだ。

「お、おれに、何か用か！」

仙吉らしい男が、目をつり上げて言った。

そこへ、竜之介が背後から仙吉らしい男に身を寄せ、

「用があるのは、おれだ」

と、声をかけた。

その声で、男は背後に体をむけた。瞬間、竜之介が当て身をくらわせた。素早い動きである。

男が苦しげな呻き声を上げ、両手で腹を押さえてうずくまった。

「ここにいては、通りの邪魔だ」

竜之介が平十たち三人に指示し、男を取り囲むようにして人通りのすくない路地に入り、路傍で枝葉を茂らせていた椿の樹陰に男を連れ込んだ。

竜之介は蹲っている男の首筋に刀の切っ先を突き付け、

「仙吉か」

と、語気を強くして訊いた。

「そ、そうだ」

仙吉が苦しげに顔をしかめて言った。

「芝蔵は、菊乃屋にいたのか」

竜之介が芝蔵の名を出して訊いた。

「し、芝蔵なんてえ男は知らねえ」

仙吉が声をつまらせて言った。

「おれたちはな。おまえが、芝蔵の子分だと知っての上で訊いてるんだ」

「……！」

仙吉の顔がゆがんだ。

「芝蔵は、菊乃屋にいたな」

竜之介が念を押すように訊いた。

「いねえ」

「来ていないのか。……芝蔵の隠れ家はどこだ」

「し、知らねえ」

「菊乃屋にいないときは、どこにいる」

竜之介が語気を強くして訊いた。

「知らねえ。嘘じゃァねえ。おれは、親分から居所を聞いてねえんだ」

仙吉が向きになって言った。

「芝蔵は、子分のおめえにも居所を知らせないのか」

「こ、子分たって、おれは、親分の使いっ走りよ。菊乃屋で顔を合わせるときに、用を頼まれるだけだ」

仙吉が、顔をしかめて言った。

「そうか」

竜之介は、仙吉が嘘をついているとは思わなかった。芝蔵が若く軽薄そうな仙吉を信頼して、腹心のように扱うはずはない。

「芝蔵には、おまえの他にも子分がいるな」

竜之介は矛先を変えて訊いた。

「いやす」

仙吉は、訊かれたことは隠さなくなった。芝蔵とのかかわりは短く、親分子分の関係はそれほど強くないのだろう。

「子分のなかに、安次郎という男がいるな」

竜之介は、伊勢造から聞いた安次郎の名を出した。

「へい」

「安次郎は、どんな男だ」

「安次郎兄いは、親分の右腕でさァ」

「安次郎は、どこにいる」

「兄いの居所は、分からねえ。決まったところに、住んでねえようだ」

仙吉によると、安次郎は芝蔵のところにいることもあるが、仲間の塒に寝泊まりしていることもあるという。

「その仲間の名は」

芝蔵の子分として、商家に押し入った盗賊のひとりではないか、と竜之介は思った。

「弥七郎でさァ」

「弥七郎の居所は」

すぐに、竜之介が訊いた。弥七郎という名を耳にするのは、初めてだった。弥七郎を捕らえて訊問すれば、芝蔵たち盗賊のことが知れるだろう。

「福井町で」

「福井町のどこだ」

「三丁目に塩屋がありやす。その店の脇にある借家が、兄いの塒で」

「塩屋の店の名は」

「店の名は知らねえが、大きな店なので、行けば分かりまさァ」

らなかった。


「塩屋だな」

そう呟いた後、竜之介は他の子分のことも訊いたが、仙吉は子分の名も居所も知らなかった。

竜之介の訊問が終わると、

「あっしを帰してくだせえ。知ってることは、みんな話しやした」

仙吉が、首をすくめて言った。

「帰してもいいが、おまえは命が惜しくはないのか」

「……………！」

仙吉が、驚いたような顔をして竜之介を見た。

「おれは火盗改だが、おまえがおれに芝蔵や仲間のことをしゃべったことが芝蔵に知れたら、どうなる。まちがいなく殺されるぞ」

「そ、そうかもしれねえ」

仙吉が、声を震わせて言った。顔から血の気が引いている。

「しばらく、おれが預かってやる」

竜之介は、佐吉と同じように横田屋敷の仮牢に入れておこうと思った。

## 4

仙吉を捕らえた翌朝、竜之介は、瀬川屋に姿を見せた風間、平十、千次、おこんの四人を連れて浅草福井町にむかった。

平十の舟は、使わなかった。瀬川屋のある柳橋から福井町まで、歩いてもそれほどかからなかったからである。

竜之介たちは神田川沿いの道を西にむかい、浅草橋のたもとに出ると、茅町一丁目に足をむけた。茅町の道をさらに西に歩き、福井町一丁目を経て三丁目に入った。

竜之介たちは、三丁目の通りを歩きながら塩屋を探した。だが、なかなか見つからなかった。

「地元の者に訊いた方が早いな」

そう言って、竜之介は通りを歩きながら話の聞けそうな店を探した。

「あたしが、あの傘屋で訊いてきますよ」

そう言って、おこんが通り沿いの傘屋に小走りにむかった。

竜之介たちが路傍に足をとめて待つと、おこんはすぐにもどってきた。

「塩屋が知れましたよ」

おこんによると、いまいる通りを北にむかい、いっとき歩くと、稲荷があるという。その稲荷の手前が四辻になっているので、右手に入ると、塩屋があるそうだ。

「大きな店なので、遠くからでも分かるそうですよ」

おこんが、言い添えた。

竜之介たちは、通りを北にむかって歩いた。

「そこに、稲荷がありやす」

千次が指差した。

見ると、稲荷の手前が四辻になっている。竜之介たちはすぐにその場を離れ、四辻まで行って右手におれた。

「塩屋だ!」

千次が声を上げた。

竜之介たちは、急ぎ足で塩屋の前まで行った。塩屋の脇に、借家らしい建物があった。古い家らしく、庇が朽ちて垂れさがっている。

「弥七郎は、いるかな」

竜之介が言うと、

「あっしが、様子をみてきやす」

そう言って、千次がその場を離れようとした。

「待て、千次。家の前で足をとめるな。そのまま通り過ぎるのだ」

竜之介は、若い千次なら弥七郎の目にとまっても不審を抱かれないとみた。ただ、家の前で足をとめて、覗(のぞ)いたりすれば別である。

千次は、ひとりで借家らしい家にむかった。そして、家の前ですこし歩調を緩めただけで通り過ぎた。千次はしばらく歩いてから踵(きびす)を返し、竜之介たちのところにもどってきた。

「どうだ、様子は」

竜之介が訊(き)いた。

「留守のようでした」

千次によると、家のなかにひとのいる気配がなく、人声も物音も聞こえなかったという。

「留守か。……近所で、あの家の住人のことを訊いてみるか」

「そうしやしょう」

すぐに、平十が言った。

竜之介たちはその場で分かれ、別々になって弥七郎のことを訊いてみることにした。

「小半刻ほどしたら、この場にもどってくれ」

そう言って、竜之介はひとり来た道を引き返した。すこし離れた場所で、訊いてみるつもりだった。

竜之介は話の聞けそうな店はないか、探しながら歩いた。

……あの下駄屋で、訊いてみるか。

竜之介は、下駄屋の店先で、あるじらしい男と下駄を手にした年増が話しているのを目にした。年増は客らしい。

ふたりは話をすぐに終え、年増は紫色の鼻緒のついた下駄を手にして店先から離れた。あるじらしい男は、年増を見送った後、店にもどろうとした。

「しばし、しばし」

竜之介が足早に下駄屋に近寄って、あるじらしい男に声をかけた。

あるじらしい男は振り返り、竜之介の姿を目にすると驚いたような顔をして、店先に出てきた。

「ちと、訊きたいことがある」

竜之介が、あるじらしい男に言った。

「なんでしょうか」

男の顔に、戸惑いと警戒の色が浮いた。いきなり、武士に声をかけられたからだろう。

「この先に、借家があるな」

竜之介が通りの先を指差した。

「ありますが」

「だれか、住んでいるのか。……空き家になっているのなら、おれが借りてもいいと思って訊いてみたのだ」

竜之介には、借りる気などなかったが、弥七郎のことを聞き出すためにそう言ったのである。

「住んでます」

男が戸惑うような顔をした。

「住んでいるのは、町人か」

「そうです。……あまり評判のよくない男ですが」

男が眉（まゆ）を寄せて言った。

「ここにくるときに、小耳に挟んだのだがな。住んでいるのは、弥七郎という男ではないか」

竜之介は弥七郎の名を出した。

「弥七郎です。ならず者と聞いたことがありますよ」

男は、声をひそめて言った。

「ならず者か。……それで、弥七郎はひとりで住んでいるのか」

「二年ほど前まで、情婦（いろ）らしい女といっしょだったんですがね。女が愛想を尽かして、逃げ出したようですよ」

「借家の近くで、訊いてみたのだがな。安次郎というならず者も、あの家に来ることがあるらしいな」

竜之介がそう話すと、男が訝（いぶか）しそうな顔をして、

「旦那（だんな）は、弥七郎のことをよくご存じのようですが、何かお調べでも」

と、声をひそめて訊いた。

「いや、おれの知り合いが御用聞きでな。ここに来る前に、訊いてみたのだ」

竜之介は、苦しい言い訳をした。

「そうでしたか」

男の顔に、不安そうな色が浮いた。迂闊に話して、厄介なことに巻き込まれたくないという思いがあるのだろう。

「手間をとらせたな。あの家を借りるのは、やめておこう」

竜之介はそう言い残し、下駄屋の前から離れた。

さらに、竜之介は近所で聞き込んでみたが、新たなことは知れなかった。借家の近くにもどると、風間と密偵たちが待っていた。

竜之介は自分で聞き込んだことを話した後、

「何か知れたか」

と、風間たちに目をやって訊いた。

「弥七郎は暗くなると、あの借家にもどるようです」

風間によると、塩屋の近くで夜鷹そばが通りかかったのを目にし、親爺に借家のことを訊いてみたそうだ。

その親爺の話では、ときおり暗くなってから借家の前を通るが、いつも灯の色があるという。

「暗くなってから、ここへくれば、弥七郎が押さえられるということだな」

竜之介が、風間たちに目をやって言った。

## 5

その日、竜之介はいったん瀬川屋へもどり、暮れ六ツ（午後六時）ちかくになってから、あらためて福井町にむかうことにした。弥七郎を捕らえるためである。竜之介、風間、平十、千次、おこんの五人が、瀬川屋の離れから出ようとしたとき、茂平と寅六が顔を出した。

茂平と寅六の話によると、ふたりで本所にある立沢の塒（ねぐら）近くに張り込んでいたが、立沢は一向に姿を見せないという。

「どうだ、茂平たちも手を貸してくれないか」

竜之介は、相手が弥七郎ひとりなら、風間、平十、千次、おこんの四人の手を借りれば、取り逃がす恐れはないとみていた。ただ、安次郎がいっしょにいると、ふたりを捕らえるのは難しい。風間は別だが、平十たち三人は捕物にはむかないのだ。それに、犠牲者が出る懸念もあった。

「お供いたしやす」

寅六が言うと、無口な茂平は黙ってうなずいた。

竜之介たち七人は、暮れ六ツの鐘が鳴る前に瀬川屋を出た。舟を使わず、徒歩である。福井町三丁目に入り、塩屋の脇まで来て足をとめた。

「あれが、弥七郎の住む借家だ」

竜之介が、借家を指差して言った。

「あたしが、様子をみてきましょうか」

おこんが言った。

「そうだな、おこんなら不審を抱かれないな」

竜之介は、おこんに頼むことにした。弥七郎がおこんを目にしても、女なら町方や火盗改とかかわりのある者とは思わないだろう。

辺りは夕闇に包まれていた。通り沿いの家や店は、表戸をしめていた。灯の洩れている家もある。

借家からも、かすかに灯が洩れていた。だれかいるとみていいようだ。

おこんは身を隠すようなことはせず、通りのなかほどを借家にむかって歩いた。

おこんは借家の前まで行くと、下駄の音をさせないように歩き、すこしだけ戸口に身を寄せた。ただ、足はとめず、そのまま家の前を通り過ぎ、いっとき歩いてから踵を返してもどってきた。

おこんは、竜之介たちのそばにもどると、

「家に、だれかいますよ。話し声が聞こえました」

と、男たちに目をやって言った。

「弥七郎の他に、だれかいるのだな」

竜之介が訊いた。

「男と女の声でした」

「弥七郎が、女を騙して連れ込んだのかな」

「どうします」

「女も、いっしょに捕らえよう」

竜之介は、女も何か知っているとみた。

竜之介は平十や茂平たちに、女も押さえるように話してから借家にむかった。

借家の表戸は、しまっていた。戸口に近付くと、家のなかからくぐもったような声が聞こえた。男と女の声である。ふたりで酒でも飲んでいるのか、声に酒に酔っているようなひびきがあり、かすかに瀬戸物の触れる音がした。

平十が表戸に手をかけて引くと、一寸ほどあいた。心張り棒はかってなかったらしい。

「踏み込むぞ」

竜之介が声を殺して言った。

平十が表戸を大きくあけると、竜之介が先に踏み込み、風間と平十たちがつづいた。

土間の先が、座敷になっていた。その座敷のなかほどに、男と女が座っていた。ふたりの間に置かれた盆の上に、銚子と小鉢が載っている。小鉢には、酒の肴でも入っているのだろう。

「なんだ、てめえたちは！」

男が、目をつり上げて叫んだ。二十四、五と思われる浅黒い顔をした男である。男は手に猪口を持っていた。

そのとき、男の脇にいた女が、

「や、弥七郎さん、このひとたちは」

と、声を震わせて訊いた。女の顔がひき攣ったようにゆがんでいる。

……この男が、弥七郎だ！

竜之介は胸の内で声を上げ、腰の刀を抜いた。そして、刀身を峰に返した。斬らずに、生きたまま捕らえるためである。

「か、火盗改か！」

弥七郎が、声を震わせて叫んだ。竜之介の身装と、いっしょにいた者たちから八丁堀同心ではなく火盗改とみたらしい。

「捕らえろ！」

竜之介が、土間にいる者たちに声をかけた。

竜之介につづいて、風間、平十、茂平、寅六が踏み込んだ。平十は十手を待っていたが、茂平たちは素手だった。茂平と寅六は、懐に匕首を呑んでいたが、相手は女ひとりだったので、素手で取り押さえるつもりなのだ。

平十、茂平、寅六の三人が、女に目をやりながらすこしずつ近付いた。三人で、女を押さえるのである。

弥七郎は立ち上がると、座敷の奥の神棚に手を伸ばし、匕首をつかんだ。

「殺してやる！」

叫びざま、弥七郎は匕首を手にして身構えた。

そのとき、座敷にいた女が、ヒイイッ！　と喉を裂くように悲鳴を上げ、座敷を這って隅に逃れた。

竜之介は座敷に上がり、弥七郎と相対した。風間は、すぐに弥七郎の脇にまわり込んで、逃げ場をふさいだ。

「匕首を捨てろ！　痛い思いをするだけだぞ」

そう言って、竜之介は切っ先を弥七郎にむけた。平十、茂平、寅六の三人も座敷に上がった。

平十、茂平、寅六の三人は座敷の隅を通って、悲鳴を上げて座敷にへたり込んでいる女に近付いていく。

「やろう！」

弥七郎が匕首を前に突き出すように構え、いきなりつっ込んできた。

咄嗟（とっさ）に、竜之介は右手に体を寄せざま、刀身を横に払った。素早い体捌（たいさば）きである。

弥七郎の匕首は、竜之介の左袖（そで）をかすめて空（くう）を突き、竜之介の峰打ちは弥七郎の脇腹をとらえた。

グッ、と、弥七郎は喉のつまったような呻（うめ）き声を上げて数歩前によろめいたが、足がとまると、その場に腹を押さえて蹲（うずくま）った。

「縄をかけてくれ」

竜之介が風間に声をかけた。

風間が弥七郎の両腕を後ろにとって縛ろうとすると、平十が身を寄せ、風間に手を貸した。

この間に茂平と寅六が、女を押さえた。土間にいた千次とおこんも女のそばに来て、取り囲んだ。

「可哀相だが、女にも縄をかけてくれ」

竜之介が、茂平たちに言った。

## 6

竜之介たちが瀬川屋の離れに着いたのは、夜が更けてからだった。竜之介は平十だけを残し、風間と茂平たちには、明朝、離れに顔を出すように話して帰した。

竜之介は、弥七郎は横田屋敷に連れていって訊問するつもりだったが、女には今夜のうちに離れで話を聞こうと思った。女を横田屋敷に連れていって、話を聞くのは可哀相な気がした。それに、女が悪事に荷担したとは思えなかったのだ。

竜之介は平十とふたりで、弥七郎を離れの奥の座敷に連れていった。そこは、ふだん竜之介が寝間につかっている狭い部屋である。

「平十、弥七郎を見ていてくれ」

と、竜之介は頼み、戸口に近い座敷にもどって女と向き合った。先に女から話を聞こうと思ったのだ。後ろ手に縛られた女は、紙のように蒼（あお）ざめた顔で身を顫（ふる）わせていた。

「名は、なんというな」

竜之介が穏やかな声で訊いた。

「お、おしま……」

女が、声を震わせて言った。竜之介にむけられた目に、恐怖の色があった。

「弥七郎とは、いつ知り合った」

「一年ほど前です」

おしまは、隠さずに話した。

「弥七郎は、どんな仕事をしているのだ」

竜之介が訊いた。

「知りません」

そう言った後、おしまが、決まった仕事はしてないようです、と小声で言い添えた。

「仕事をしてないのに、あの家を借り、おしまといっしょに住んでいるのか。その金は、どこから出ているのだ」

「あ、あのひと、わたしには、昔働いて手にした金がたんまりあると言ってました」

「たんまりな」

その金は、商家に押し入って奪った金の分け前ではないか、と竜之介はみたが、確信はなかった。

「ところで、福井町の家に、安次郎という男が来たことはないか」

竜之介は、安次郎の名を出して訊いた。

「安次郎さんは、ときどき家に来てました」

「弥七郎と安次郎は、どこで知り合ったのだ」

「何をしてたか知りませんが、いっしょに仕事をしていた仲だと聞きました」

「いっしょに、仕事をしていただと！」

竜之介の声が大きくなった。

……やはり、弥七郎も押し込み一味のひとりだ。

と、竜之介は確信した。竜之介の胸の内には、弥七郎も芝蔵の子分として商家に押し入った盗賊のひとりではないか、との思いがあったのだ。

「安次郎は、どこに住んでいる」

竜之介が、語気を強くして訊いた。何としても、安次郎の塒をつかみたかった。

「し、知りません」

おしまは小声で言って、顔を伏せてしまった。

竜之介はおしまを表の座敷に残したまま、弥七郎のいる奥の座敷に入った。

「平十、表の座敷にいる女を見ていてくれ」

竜之介が平十に声をかけた。

「承知しやした」

すぐに、平十は腰を上げた。

竜之介は、平十がその場を離れて表の座敷に入るのを待ってから、弥七郎の猿轡をとった。

弥七郎は、後ろ手に縛られたまま竜之介を見上げた。顔が蒼ざめ、体が顫えている。

「弥七郎、おしまから話を聞いてな、だいぶ様子が知れたよ」

竜之介は静かな声で言った。

「あ、あの女、喋りゃァがって！」

弥七郎が、目をつり上げて言った。

「おまえは、闇風の芝蔵一味だな」

竜之介が、弥七郎を見すえて訊いた。双眸に、切っ先のような鋭いひかりが宿っている。

「知らねえ。芝蔵という名も、聞いたことがねえ」

弥七郎はひらきなおったのか、声高に言った。

「安次郎は、知っているな」

竜之介は安次郎の名を出した。

「知らねえ！」

弥七郎が、突っ撥ねるように言った。

「安次郎は、おまえが住んでいた福井町の借家に出入りしていたのだぞ。おまえが、知らぬはずはない」

竜之介の語気が強くなった。

「安次郎なんてえ男は、知らねえよ」

弥七郎は嘯くように言った後、口をとじてしまった。それから、竜之介が何を訊いても、弥七郎は答えなかった。

「すこし、痛い目に遭わせるしかないな」

竜之介は弥七郎を横田屋敷に連れていって、拷訊（ごうじん）しようと思った。

翌朝、竜之介は夜が明けるとすぐに、おいそに頼んでおいた朝餉（あさげ）を食べた。そして、瀬川屋に顔を見せた茂平も連れ、平十の舟に弥七郎を乗せて、横田屋敷にむかった。

おしまは、瀬川屋の離れに残しておいた。横田屋敷での訊問の結果によっては、そのまま帰してやるつもりだった。

弥七郎を乗せた舟は、朝の大川を下った。そして、横田屋敷の近くにある船寄に舟を寄せて弥七郎を下ろした。

「八ツごろ、舟で迎えにきてくれ」

竜之介は平十に声をかけ、弥七郎を連れて横田屋敷にむかった。

竜之介は、弥七郎の訊問を自分の手でおこなうつもりだった。竜之介は用人の松坂に話してから、弥七郎を屋敷内にある白洲（しらす）に連れていった。ところが、竜之介が何を訊いても、弥七郎は頑（かたくな）に口をとじたままだった。

「弥七郎、咎人にとって、ここは地獄だぞ」

そう言って、竜之介は番人の重吉に命じて、弥七郎を拷問蔵に連れていった。

竜之介は拷問蔵で角材の上に弥七郎を座らせ、膝の上に平石を二枚まで重ねた。

ところが、弥七郎は悲鳴を上げるだけで、肝心なことは口にしなかった。

竜之介は、弥七郎の訊問を横田に頼むことにした。横田は容赦なく過酷な拷問で下手人を責めて口を割らせる。それに、竜之介の胸の内には、これを機に、これまでの探索で分かったことを横田の耳に入れておこうという思いもあった。それというのも、頭目の芝蔵や武士で腕のたつ立沢を捕らえるためには、大勢の捕方をさしむける必要があり、当然横田の出馬を仰がねばならないからだ。

## 7

竜之介は横田屋敷にもどり、あらためて用人の松坂に会って横田につないでもらった。

「殿は、御指図部屋で会われるそうだ」

そう言って、松坂は竜之介を御指図部屋に連れていった。

竜之介は横田と顔を合わせると、これまでの探索の経緯を一通り話してから、

「一味のひとり、弥七郎なる者を捕らえました。それがしが、訊問いたしましたが、何としても口を割りません」

「弥七郎なる者は、牢にいるのか」

横田が訊いた。

「はい」

竜之介は、仮牢の番人の重吉に命じて、弥七郎を牢に入れておいたのだ。

「分かった。わしが、弥七郎の訊問をしてみよう」

そう言って、横田は立ち上がった。

通常、横田は捕らえた咎人を訊問するおり、白洲でおこなうが、竜之介の訊問では口をひらかなかったと聞いて、最初から弥七郎を拷問蔵に連れていくよう指示した。

横田は拷問蔵に入るといつものように、一段高い座敷に腰を下ろした。拷問蔵は締め切ってあったので、なかは薄暗かった。そのため、日中であったが、座敷の隅に百目蠟燭が置かれた。

蠟燭の火に浮かび上がった横田の剛毅な顔は、まさに鬼のように恐ろしく見えた。

いつものように、竜之介は座敷に上がらず、横田のそばの土間に立った。訊問のなかで、横田は竜之介に事件のことを訊いたり、また、竜之介から咎人に訊きたいことがあれば、訊問をさせたりするためだ。

拷問蔵に引き出された弥七郎は、横田の厳つい顔を見て恐怖で顔から血の気が引いた。鬼のように見えたのだろう。

「咎人を、座らせろ」

横田がふたりの責役に指示した。

ふたりは、弥七郎を小砂利を敷いた土間の上に座らせた。そして、ふたりは弥七郎の背後に立った。横田の指示で拷問具を運んだり、自白を促したりするのである。

弥七郎は、苦痛で顔をしかめた。小砂利の上に座っただけで痛いのだ。

「名は」

横田が訊いた。

「や、弥七郎で……」

弥七郎は名乗った。すでに名は知れているので、隠すことはないのだ。

「安次郎という男を知っているな」

横田は、安次郎が一味のひとりで、まだ居所がつかめていないことを竜之介から聞いていたのだ。

「へ、へい……」

弥七郎はすぐに答えた。安次郎とのかかわりは、すでに竜之介につかまれていたからだ。

「安次郎の塒(ねぐら)は、どこだ」

横田が語気を強くして訊いた。

「し、知りやせん」

弥七郎が声をつまらせて言った。

「忘れたのではないか」

「そうかもしれねえ」

「ならば、わしが、思い出させてやろう」

横田は責役のふたりに、「石を抱かせてやれ」と声をかけた。

責役のふたりは、慣れた様子で拷問蔵のなかに置いてあった三角形の角材を運んできて、尖(とが)った角を上にして並べた。

その角材を見て、弥七郎の顔色が変わった。その角材が、どのように使われるか話に聞いていたのだろう。

横田は何も言わずに、ちいさくうなずいた。ふたりの責役に、弥七郎を角材の上に座らせるよう指示したのだ。

ふたりの責役は、嫌がる弥七郎の両腕をとって、角材の上に正座させた。

ウウッ！

弥七郎は、苦痛に顔をゆがめて呻き声を上げた。

「こやつ、まだ口を割るような顔をしておらぬな」

横田はそう言って
「石を抱かせろ！」

と、ふたりの責役に声をかけた。

すぐに、ふたりの責役は、平石を運んできて弥七郎の膝の上に置いた。

グワッ！　と呻き声を上げ、弥七郎は上半身を捩るように振った。全身を貫くような激しい苦痛に襲われたのだろう。

「安次郎の塒は」

横田が弥七郎を見すえて訊いた。

「し、知らねえ」

弥七郎は身をよじりながら言った。

「石を積め！」

横田の語気が強くなった。

責役はすぐに、二枚目の平石を運んできて弥七郎の膝の上に積んだ。

弥七郎は苦しげな呻き声を上げて身をよじっているだけで、口をひらかなかった。

おそらく、弥七郎は自白すれば拷問から逃れられるが、盗賊の一味として断罪されることを知っているのだ。

横田は三枚目の石を弥七郎の膝の上に積ませた。それでも、弥七郎は自白しなかった。責役が四枚目を積んだとき、弥七郎の脛の皮膚が破れて血が流れた。

「これ以上、積むと、足が千切れて死ぬぞ」

横田はそう言ってから、「もう一枚、積め」とふたりの責役に命じた。

「や、やめてくれ！」

弥七郎が、悲鳴のような声を上げた。

「話すか」

「は、話すから、やめてくれ！」

「石をとれ」

横田が、ふたりの責役に声をかけた。

すぐに、ふたりの責役は弥七郎の膝の上に置いてあった平石を下ろした。そして、弥七郎の両腕をとって、角材の上から脇の土間に運んだ。前に投げ出した弥七郎の両足の脛から血が流れ出、地面を赭黒く染めていく。

「そのくらいの傷では、死なぬ」

横田はそう言った後、

「安次郎の塒はどこだ」

と、同じことを訊いた。

「く、黒船町の借家で……」

弥七郎が声を震わせて答えた。

「黒船町のどこだ」

「島崎屋ってえ、傘屋のそばで」

弥七郎は、大川端にあることを言い添えた。

横田の脇で聞いていた竜之介が、「それだけ分かれば、突きとめられます」と小声で言うと、横田は、

「一味の頭目は、芝蔵だな」

と、声をあらためて訊いた。

「へ、へい」

「芝蔵の塒は」

「親分の塒は、花川戸町にありやす」

「花川戸町のどこだ」

さらに、横田が訊いた。

「大川端にある一膳めし屋の斜向かいでさァ」

弥七郎が、以前小料理屋だったが、いまは店をとじているとつけ加えた。

そのとき、竜之介が、「芝蔵の塒は突きとめます」と横田に身を寄せて言った。

横田はうなずき、

「雲井、何か訊くことはあるか」

と、竜之介に声をかけた。

「芝蔵だが、顔に火傷の痕があるな」

竜之介が、念を押すように訊いた。三年ほど前、闇風の芝蔵一味は商家に押し入ったとき、町方に取り囲まれ、店に火を放った。そのとき、芝蔵は火傷を負ったらしいのだ。

「ありやした」

　弥七郎は隠さなかった。

「闇風の芝蔵にまちがいない」

　そう言った後、竜之介はいっとき口を閉じていたが、

「商家に押し入った賊は、七人だったな」

　と、つぶやいた後、

「頭目の芝蔵、武士の立沢、安次郎、殺された猪之助、それにおまえの五人。残るふたりは」

　そう言って、弥七郎を睨むように見据えた。

「峰吉と五郎造でさァ」

　弥七郎が小声で言った。

「ふたりは、どこにいる」

「親分のところにいるはずでさァ」

　弥七郎は、すぐに口にした。隠す気は失せたようである。

# 第五章　捕物

## 1

　横田屋敷で弥七郎を訊問(じんもん)した翌日、竜之介は平十の舟で、黒船町にむかった。先に、安次郎の隠れ家を突き止めようと思ったのだ。舟には、千次も乗っていた。今日は隠れ家を捜すだけなので、平十とふたりだけでもよかったが、千次が瀬川屋に顔を出したので、連れてきたのだ。

　晴天だった。大川の川面(かわも)は、清々(すがすが)しい朝の大気につつまれていた。朝が早いせいか、船影はほとんどなかった。ときおり、猪牙舟(ちょきぶね)と行き違うだけである。

　竜之介たちの舟は、浅草御蔵を左手に見ながら川上に進み、黒船町の家並が見えてきたところで、水押(みお)しを岸にむけた。

「舟を着けやすぜ」

平十が声をかけ、岸沿いにあった船寄に舟を寄せた。

舟が船寄に着くと、竜之介と千次が先に下り、平十が舫い杭に繋ぐのを待って、大川端の通りに出た。その辺りから黒船町で、大川沿いに町並がひろがっていた。

通りには、ちらほら人影があった。朝の早い出職の職人やぼてふり、それに船頭らしい男の姿が目についた。

「まず、島崎屋という傘屋を探してくれ」

竜之介が、平十と千次に言った。

「その傘屋は、この通りにあるんですかい」

平十が訊いた。

「そのようだ」

「この辺りに、傘屋はねえようだ」

平十が、大川端の道に目をやって言った。

「近所の者に、訊いた方が早いな」

そう言って、竜之介は話の聞けそうな店を探した。

「下駄屋がありやす」

千次が声高に言った。

「あの下駄屋で訊いてみるか」

店先にはだれもいなかったが、店の奥の座敷に人影があった。

竜之介たちは、下駄屋にむかった。店先まで行くと、下駄の台木に鼻緒をすげている店の親爺らしい男がいた。

「店のあるじか」

竜之介が声をかけた。

親爺らしい男は、慌てて立ち上がると、「いらっしゃい」と声をかけたが、その顔に戸惑うような表情が浮いた。店先に立っていたのは三人の男で、しかもひとりは武士である。下駄を買いにきたとは思えなかったのだろう。

「ちと、訊きたいことがある」

竜之介が言った。

「な、何です」

親爺が、赤い鼻緒の下駄を手にしたまま訊いた。

「この近くに、島崎屋という傘屋はあるか」

竜之介が、島崎屋の名を出して訊いた。

「傘屋ならありやすが、店の名は分からねえ」

親爺は首を捻った。

「その傘屋は、どこにある」

ともかく、その傘屋に行ってみよう、と竜之介は思った。

「この先に、ありやす」

親爺は、川上の方を指差して言った。

「手間をとらせたな」

竜之介は、そう言って店先を離れた。

竜之介たちは、大川沿いの道を川上にむかった。しばらく歩いたが、傘屋はなかった。

「ねえなァ。……あの親爺、嘘を言ったのかな」

平十が渋い顔をした。

「もうすこし、先に行ってみよう」

竜之介は、通りの先に目をやりながら歩いた。まだ、黒船町はつづいていた。この先に、傘屋があるかもしれない。

「あそこに、傘屋がある」

竜之介が声を上げた。

店先に、ひらいた唐傘(からかさ)が並べてあったので、遠目にもそれと知れた。竜之介たちは、足早に傘屋にむかった。

竜之介は、傘屋の店先で傘を干していた奉公人らしい若い男に、

「島崎屋は、この店かな」

と、訊いてみた。

「そうですが」

奉公人らしい男が、怪訝(けげん)な顔をした。武士が、いきなり店の名を訊いたからだろう。

「この近くに、借家はないか」

竜之介は男に身を寄せ、小声で訊いた。

「借家ですか」

男はそうつぶやいた後、

「ありますよ。この先です」

男は通りの先を指差し、「一町ほど歩くと、道沿いに借家があります」と言い添えた。

「その借家に、住んでいる男の名を知っているか」

竜之介は、念のために訊いてみた。

「知りませんが」

男が首を捻った。

竜之介は男に礼を言い、平十たちとともに店先を離れ、川上にむかって歩いた。

そして、一町ほど歩いたとき、

「あれだ！」

と、平十が前方を指差して言った。

見ると、通り沿いに借家らしい建物があった。わずかだが庭があり、戸口の脇に柿の木が枝を伸ばしていた。

## 2

「近付いてみよう」

竜之介が先にたった。

平十と千次は、竜之介からすこし間をとって歩いた。借家にだれがいるか分からないが、目にとまっても不審を抱かせないためである。

竜之介は借家の前まで行くと、すこし歩調を緩めて聞き耳をたてた。

……だれかいる！

家のなかから、人声が聞こえた。男と女の声である。女はしゃがれ声だった。老齢の女かもしれない。

竜之介は借家の前から半町ほど離れ、大川の岸際に足をとめた。すこし遅れて、平十と千次が竜之介のそばに来た。

「いやした、安次郎が！」

平十が目を剝いて言った。

「安次郎と、知れたのか」

竜之介が訊いた。

「へい、家にいた女が、安次郎さん、と声をかけたのが聞こえやした」

「それなら、安次郎に間違いないな」

「女は、年寄りのようでした」

千次が言い添えた。

「安次郎が、下働きでも雇ったのではないか」

竜之介が言った。女は、安次郎の女房や情婦ではないとみた。

「やつを押さえやすか」

平十が意気込んで言った。

「駄目だ。芝蔵の塒をつかんでからだ」

竜之介は、芝蔵の隠れ家が花川戸町にあると聞いていた。黒船町から花川戸町までそう遠くない。安次郎が捕らえられたことは、すぐに芝蔵の耳に入る。

芝蔵は安次郎の口から隠れ家が漏れるとみて、花川戸町の隠れ家から姿を消すはずだ。下手をすると、三年前と同じように江戸から姿を消すかもしれない。そうなると、芝蔵を捕縛するのは難しくなる。

「どうしやす」

平十が訊いた。

「近所で、安次郎のことを訊いてみよう」

竜之介は平十と千次を連れ、すこし川上にむかって歩いてから、道沿いにあったそば屋に立ち寄った。昼飯にはすこし早いが、聞き込みにあたる前に腹拵えしておこうと思ったのだ。

竜之介は注文を訊きにきた小女に、そばを頼んだ後、安次郎のことを訊いてみよ

と思い、

「この先に、借家があるな」

と言って、借家のある方を指差した。

「はい」

小女は戸惑うような顔をした。

「安次郎という男が、借家に入るのを見かけたのだがな。あの家に住んでいるのか」

竜之介は、安次郎の名を出して訊いた。

「は、はい……」

小女の顔に、怯（おび）えるような表情が浮いた。安次郎のことをならず者と思っているのかもしれない。

「年寄りの女が、家に入ったのだがな。安次郎の母親か」

竜之介は母親ではないとみていたが、小女に、しゃべらせるためにそう訊いたのだ。

「きっと、下働きのひとですよ」

「下働きか。……いつも、あの家にいるのか」

「いえ、昼間だけ来るようですよ。めしを炊いたり、洗濯したり……」

小女はそう言うと、竜之介に頭を下げて、その場を離れた。いつまでも話し込んでいるわけにはいかない、と思ったようだ。

竜之介たちは、とどいたそばを食べてからそば屋を出ると、川上に足をむけた。これから花川戸町へ行って、芝蔵の塒を突き止めるつもりだった。

大川沿いの道を川上にむかってしばらく歩くと、駒形堂の脇に出た。急に辺りが賑やかになった。遊山客や参詣客などが、駒形堂近くを行き交っている。

竜之介たちは駒形堂の脇を通り、さらに大川端の道を川上にむかって歩いた。前方に、大川にかかる吾妻橋が間近に見えてきた。

竜之介たちは材木町を過ぎ、吾妻橋のたもとに出た。そこから先が花川戸町で、大川沿いに町並がつづいていた。

「どの辺りですかね」

川沿いの道を歩きながら、平十がつぶやいた。

「一膳めし屋の斜向かいだと、聞いたが」

竜之介は、道沿いにある店に目をやって言った。

吾妻橋のたもと近くは人通りが多く、道沿いに料理屋やそば屋などが並んでいた。

この辺りは浅草寺に近く、参詣客や遊山客などが目についた。それに、吾妻橋は浅草と本所を結ぶ橋であり、仕事のために橋を行き来するひとの姿もあった。

　吾妻橋のたもとから離れると、しだいに人通りがすくなくなった。通り沿いの店もまばらになり、空き地や雑木林などが目にとまるようになった。

「あそこに、一膳めし屋がありやす」

　千次が声高に言った。

　竜之介は足をとめた。そして、一膳めし屋の斜向かいに目をやった。

「あれだ」

　竜之介が言った。

　小料理屋らしい造りの店があった。弥七郎の言っていたとおり、店をしめているらしく、店先に暖簾（のれん）が出ていなかった。入口の格子戸もしまっている。

　小料理屋にしては大きな建物で、二階もあった。料理屋といっても見劣りはしない。ここなら、何人も寝泊まりできるだろう。

　弥七郎の話では、芝蔵の他に盗賊一味の峰吉と五郎造がいるはずだ。三人の男が住んでいることになる。店の持ち主はだれか分からないが、いまは借家として貸しているのではあるまいか。

「近付いてみるか」

竜之介は通行人を装って、店の前を通ってみることにした。すこし間をとって、平十と千次が竜之介の後につづいた。

竜之介は店の前まで来ると、戸口に身を寄せて聞き耳をたてた。

……いる！

店のなかで、男と女の声がした。くぐもったような声で、何を話しているか聞き取れなかったが、男たちの話し声がした。男が何人かいるらしい。

竜之介は、店の前を半町ほど通り過ぎてから路傍に足をとめた。そして、平十と千次が近付くのを待ってから、

「何人も、いたな」

と、竜之介が言った。

「武士がいました！」

千次が声高に言った。店のなかから聞こえた男の言葉遣いから武士がいると知れたという。

「立沢だな！」

竜之介は、茂平たちから、立沢が本所にある塒には帰っていないと聞いていた。

芝蔵の塒に、来ていたのだろう。

## 3

竜之介たち三人は、男たちのいる家からすこし離れてから、別々に聞き込みにあたった。竜之介は、通り沿いにあった舂米屋に立ち寄った。親爺らしい男が、小座敷で茶を飲んでいるのを目にしたからだ。

竜之介が舂米屋に入っていくと、親爺は、驚いたような顔をして立ち上がった。おそらく、武士が店に立ち寄ることなどないのだろう。

「お、お武家さま、何か御用で」

親爺が、声をつまらせて訊いた。

「ちと、訊きたいことがあるのだがな」

「近所で聞き込んでみるか」

竜之介が言った。念のため、男たちのいる家に、芝蔵が身を隠しているかどうか確かめたかった。まだ、確認できなかったのだ。それに、家にいる武士が、立沢かどうかも確かめたかった。

竜之介は、おだやかな声で言った。

「なんでしょうか」

「この先に、小料理屋があるが、店をやっていないのかな。暖簾が出ていなかったのだ」

「三年ほど前から、店をとじたままですよ。いまは、借家でさァ」

親爺の顔に、ほっとした表情が浮いた。たいした用ではない、と思ったらしい。

竜之介は、やはり借家か、と胸の内でつぶやいてから、

「だれも住んでないのか」

と、訊いた。竜之介は、親爺に芝蔵たちのことを喋(しゃべ)らせるためにそう訊いたのである。

「住んでますよ、男が」

親爺の顔に、警戒するような色が浮いた。住人の男のことをよく思っていないようだ。

「ひとりで、住んでいるのか」

「それが、ひとりじゃァないんですよ」

そう言って、親爺は竜之介に身を寄せ、

「胡散臭い男たちといっしょでさァ」

と、声をひそめて言った。

「そうか。……住んでいる男の名は、知るまいな」

竜之介は念のために訊いてみた。

「名は知りやせんが、噂じゃァ、表に顔をだせねえ怖え男のようですぜ」

親爺は地が出てきたらしく、物言いが乱暴になった。

「その男は、あの家で暮らしているのか」

「家にいるのは、町人だけではないようですよ。二本差しが、出入りしているのを見掛けやした」

親爺が声をひそめて言った。

「武士もいるのか」

竜之介は、驚いたような顔をして見せた。

「牢人のようでさァ」

「あの家には、近付けないな」

竜之介は、家にいるのは立沢に間違いないと思った。

「小料理屋なら、立ち寄ってみようと思ったが、やめておくか」

そう言い残し、竜之介は春米屋から出た。

それから、竜之介は通り沿いにあった別の店にも立ち寄ったが、新たなことは分からなかった。

竜之介が平十たちと分かれた場所にもどると、ふたりが待っていた。

「どうだ、歩きながら話すか」

そう言って、竜之介は平十たちと川沿いの道をもどりながら、

「おれから話す」

と言って、春米屋の親爺から聞いたことを一通り話した。

竜之介の話が終わると、平十が、

「あっしは、通りかかった船頭に聞いたんですがね、小料理屋だった家にいる二本差しは、立沢のようですぜ」

と、言った。平十によると、その船頭は、武士がならず者らしい男と歩いているとき、男が、立沢さま、と呼んだのを耳にしたという。

「やはり、立沢か」

竜之介が言った。

平十が口をつぐむと、竜之介の脇を歩いていた千次が、

「五郎造も、いるようでさァ」

と、声高に言った。

千次は、通り沿いにあった豆腐屋の親爺から聞いたという。親爺の話では、小料理屋だった家から出てきた男が豆腐を買いに来て、親爺と話しているときに、五郎造という名を口にしたそうだ。

「これで、芝蔵一味の残る五人の居所が知れたな」

竜之介が言った。

頭目の芝蔵、右腕の安次郎、武士の立沢、それに子分の五郎造と峰吉である。竜之介はすぐに御頭の横田に知らせ、残る五人を捕らえようと思った。

竜之介たちは、舟のとめてある黒船町にむかった。

大川沿いの道を歩きながら、竜之介が、

「平十、頼みがある」

と、声をかけた。

「何です」

「黒船町にとめてある舟で、築地まで行ってくれんか」

「横田さまのお屋敷ですかい」

竜之介は今日のうちに横田と会い、盗賊一味の残る五人の居所が知れたことを話そうと思った。そうすれば、明日は無理でも、明後日には芝蔵たちを捕らえるために、火盗改の捕方をさしむけることができるはずだ。

「そうだ」

「行きやしょう」

舟の艫に立った平十が、声高に言った。大きな声でないと、大川の流れの音に掻き消されてしまうのだ。

竜之介たちの乗る舟は大川を下り、西本願寺の裏手につづく掘割に入った。そして、いつものように、横田屋敷の近くにある船寄に舟をとめた。

竜之介は舟を下りて船寄に立つと、

「一刻ほどしたら、迎えに来てくれんか」

と、平十に言った。竜之介は、横田との話はそう長くかからないとみたのだ。

「承知しやした」

平十はそう言って、船寄から舟を離した。

## 4

竜之介は横田屋敷に入ると、先に用人の松坂に会い、

「御頭は、御屋敷におられるかな」

と、訊いた。横田がいなければ、帰るまで待つつもりだった。

「殿はおられます」

「すぐにお会いしたい」

「火急の用でございますか」

いつになく、松坂が緊張した面持ちで訊いた。

「いかにも」

「すぐに、殿にお話しします」

そう言い残し、松坂はそそくさと座敷から出ていった。

松坂はすぐにもどってきて、「御指図部屋へ来てくだされ」と竜之介に言った。

いつものように、横田は御指図部屋で竜之介と会うという。

竜之介が御指図部屋に座して待つと、すぐに廊下を歩く足音がし、横田が姿を見

せた。横田は小袖に角帯姿だった。下城後、屋敷内でくつろいでいたようだ。

横田は座敷に入ってくると、上座に腰をおろし、

「雲井、急ぎの用があるようだな」

と、竜之介を見つめて言った。

「はい、芝蔵一味の残る五人、頭目の芝蔵、牢人の立沢、それに子分三人の居所が知れました」

すぐに、竜之介が言った。

「知れたか！」

横田が、身を乗り出して声を上げた。

「はい、安次郎は浅草の黒船町。芝蔵と立沢、それに、子分のふたりは花川戸町に身を隠しております」

「芝蔵と安次郎は、別の隠れ家か」

横田が念を押すように訊いた。

「はい」

「ならば、二か所に捕方をむければいいな」

「いかさま」

「すぐにも、五人を捕らえたいが……」

そう言って、横田は口をつぐみ、いっとき黙考していたが、

「捕方をむけるのは、明後日ということになるな」

横田によると、明日中に与力や同心に話し、捕方を集めるよう指示するとともに、浅草に向かう舟も家臣に命じて調達させるという。

「それがしは、安次郎と芝蔵たちの隠れ家に目を配っておきます」

竜之介が言った。

「そうしてくれ」

「では、明後日、あらためて御屋敷にうかがいます」

竜之介は、横田に低頭してから御指図部屋を後にした。

竜之介が横田屋敷を出て、船寄でいっとき待つと、平十の舟が掘割の先に見えた。平十は竜之介の姿を目にしたらしく、艪を漕ぐ腕に力をこめた。

平十は船寄に船縁をつけると、

「遅れやした」

と、首をすくめて言った。

「なに、まだ一刻は経っていない。おれの方が、見込みより早く終わったのだ」

竜之介が、苦笑いを浮かべて言った。

竜之介たちの乗る舟は掘割から大川へ出ると、水押(みお)しを上流にむけた。舟は大川を遡(さかのぼ)っていく。

竜之介は瀬川屋の桟橋に舟が着くと、平十が舫(もや)い杭(ぐい)に舟を繋(つな)いで舟を下りるのを待ってから、

「平十、頼みがある」

と、声をかけた。

「何です」

「今日はゆっくり休んでな。明日でいいのだが、茂平と寅六にも声をかけて、瀬川屋に呼んでくれ」

竜之介は、風間にも声をかけるつもりだった。

「何かありやしたか」

「横田さまに、おれたちが探ったことをお伝えした。それで、明後日、捕方が安次郎と芝蔵の隠れ家に踏み込むことになった。明日、おれたちだけで、先にいって両方の隠れ家を見張らねばならない。茂平と寅六の手も借りたいのだ」

明後日、横田の率いる一隊が、安次郎と芝蔵の隠れ家に踏み込んだら、もぬけの

殻だったということにでもなれば、竜之介の立場はないし、横田の顔もつぶれるだろう。

「承知しやした」

平十が、納得したような顔をしてうなずいた。


翌朝、竜之介と風間、それに密偵五人が平十の漕ぐ舟で黒船町にむかった。そして、黒船町にある船寄に舟をとめ、大川沿いの道に出た。

竜之介たちは、安次郎の隠れ家の近くに来て、二手に分かれた。風間、茂平、おこんの三人が、安次郎の隠れ家を見張り、竜之介、平十、千次、寅六の四人で、芝蔵の隠れ家を見張ることになったのだ。

その日、竜之介たち四人は交替で、陽が沈むまで芝蔵たちの隠れ家を見張った。その間、一度だけ、芝蔵と立沢が隠れ家から姿を見せた。八ツ（午後二時）ごろである。ふたりは、大川沿いにあったそば屋に入った。そばを食いにきたらしい。ふたりは、そば屋に一刻（二時間）ほどもいた。おそらく、酒でも飲んでいたのだろう。

そば屋を出た芝蔵たちは、そのまま隠れ家にもどり、その後、陽が沈むまで出てこなかった。

「芝蔵たちに、塒を出るような動きはないようだ」

竜之介がそう言って、隠れ家から離れ、大川端の道を黒船町にむかった。陽は沈み、川沿いの道は淡い夕闇につつまれている。

竜之介たちが黒船町の安次郎の隠れ家の近くまで来ると、大川沿いに植えられた柳の樹陰から、隠れ家を見張っていた風間たち三人が姿を見せた。竜之介たちの姿を目にしたらしい。

「どうだ、安次郎は」

竜之介が、風間に訊いた。

「安次郎は、家にいます」

風間によると、安次郎は一度も借家から出なかったという。

また、平十が、家から出てきた下働きの女にそれとなく訊くと、安次郎は家にいると話したそうだ。

「そうか」

竜之介は、あらためて安次郎の住む借家に目をやった。

戸口から、淡い灯が洩れている。いまも、安次郎は借家にいるようだ。

その日、竜之介たちは遅くなってから、瀬川屋にもどった。竜之介は、明朝、平十の舟で横田屋敷に行くことを風間と密偵たちに話し、風間、茂平、寅六、千次、おこんの五人に、手分けして芝蔵と安次郎の隠れ家を見張るよう頼んだ。

竜之介は横田屋敷にむかい、横田の指図にしたがって、安次郎と芝蔵の捕縛にむかうつもりだった。

## 5

その日は、曇天だった。大川の川面（かわも）は黒ずみ、無数の波の起伏を刻んでいた。波は巨大な蛇の鱗（うろこ）のようにも見える。

五ツ（午前八時）ごろ、竜之介は平十の舟で横田屋敷にむかっていた。横田に、芝蔵と安次郎の隠れ家の様子を知らせるとともに、捕方の一隊を隠れ家まで案内するつもりだった。竜之介は、横田屋敷に近い船寄に舟をとめさせた。そして、平十を猪牙舟（ちょきぶね）に残し、竜之介だけが、横田屋敷にむかった。

横田屋敷の庭に、二十数人の捕方が集まっていた。横田と与力の島根、それに同心が三人いた。他は、手先たちである。

横田は捕物出役装束に身をつつんでいた。金紋付きの黒塗りの陣笠とぶっさき羽織で、足許は足袋と草鞋でかためている。

与力と同心たちも、捕物装束だった。捕方たちは鉢巻き襷掛けで、手に手に六尺棒、袖搦、突棒、刺股などを持っている。

竜之介は、横田に身を寄せ、

「昨日、確かめましたが、芝蔵、安次郎、それに立沢たち三人は、隠れ家におります」

と、小声で伝えた。

「そうか。これから捕方の一隊は浅草に向かうが、隠れ家まで案内してくれ」

横田だけは騎馬で浅草に向かい、与力と同心、それに捕方たちは徒歩だという。途中の道筋で待っている捕方もおり、浅草に着くころには人数が増えるそうだ。

「承知しました」

竜之介は、横田に舟で来たことを話した。

「それなら、先に浅草に向かえ」

横田が指示した。

竜之介は先に横田屋敷を出て、浅草橋を渡った先で待っていることになった。竜之介も横田も、できるだけ人目を引かないよう人通りのすくない道をたどることになるだろう。横田は竜之介との話が終わると、その場に集まっていた捕方たちに体をむけ、

「これより、捕物にむかう！」

と、声をかけた。

その声で、捕方たちは横田と島根のそばに集まってきた。

竜之介は、平十の待っている船寄にむかった。舟で先に浅草までいき、念のため芝蔵と安次郎が隠れ家にいることを確かめてから、浅草橋のたもとで横田たちを待つつもりだった。

芝蔵と安次郎の隠れ家は大川端の通り沿いにあったので、舟を使えば、横田たちより先に、芝蔵たちが隠れ家にいるかどうか確かめられるはずである。

竜之介は芝蔵や安次郎たちが隠れ家にいることを確かめてから、ひとり浅草橋のたもとで横田たち捕方の一隊が来るのを待っていた。浅草橋は日光街道をつないでおり、人出の多い両国広小路が近いこともあって、大勢のひとが行き交っていた。

横田の配慮であろう。できるだけ人目を引かないよう、捕方たちはばらばらにな

って、浅草橋を渡ってきた。

竜之介は浅草橋のたもとで横田たちを迎え、人込みを避けて、日光街道沿いにつづく茅町の細い通りに入った。そして、浅草御蔵の手前まで来て街道にもどった。

捕方たちも、ばらばらになって横田の後についてきた。

竜之介たちは浅草御蔵の前を過ぎ、黒船町に入ると、すぐに右手の路地に入り、大川端の通りに出た。そこまで来ると、急に人通りがすくなくなった。

「この先です」

竜之介が先に立って、大川端の通りを川上にむかった。

竜之介は通り沿いの傘屋の前を通り過ぎて、いっとき歩いてから路傍に足をとめ、

「その家です」

と言って、通り沿いにあった借家を指差した。

「安次郎は、ここか」

横田が訊(き)いた。

「はい」

竜之介と横田が話しているところに、風間と茂平が走り寄ってきた。茂平といっしょに借家を見張っていたおこんは、通行人のいる岸際に立っていた。女のおこん

は、火盗改の密偵とみられるのが嫌なのだろう。

「風間、安次郎はいるか」

竜之介が念を押すように訊いた。

「おります」

「いるのは、安次郎だけか」

「年寄りの下働きの女もいます」

風間が答えた。

するると、竜之介と風間のやり取りを聞いていた横田が、

「どうだ、ここで捕方を二手に分けず、いっきに安次郎を捕らえてから、花川戸町に向かったら」

と、竜之介に言った。横田は安次郎と下働きの年寄りだけなら、捕縛に手間はとらないとみたようだ。

「承知しました」

竜之介は、念のため風間に十人ほどの捕方をつけて、花川戸町に向かわせ、芝蔵の隠れ家を見張らせたらどうか、と横田に話した。安次郎の捕縛に、大勢の捕方は必要なかったのだ。

「それがいい」

すぐに、横田は承知した。

横田の率いる一隊は、風間の一隊が遠ざかるのを待ってから、安次郎の住む借家に忍び足でむかった。

辺りは、妙に静かだった。大川の流れの音だけが、轟々とひびいていた。大川端の道に通りかかったひとたちは、すこし離れた場所に足をとめ、固唾を呑んで火盗改の一隊を見つめている。

一隊の先頭に立った竜之介は、借家の戸口まで来ると、足をとめ、板戸に身を寄せた。すると、家のなかから男と女の声が聞こえた。話しているのは、安次郎と下働きの年寄りらしい。

「います」

竜之介が、横田に顔をむけて言った。

「よし、踏み込め！」

横田が、背後にいる捕方たちにむかって手を振った。

## 6

竜之介が、戸口の板戸をあけた。

土間の先の座敷に、安次郎と老齢の女がいた。女は湯飲みと瓶を載せた盆を手にしていた。安次郎の飲んだ茶を、片付けていたらしい。

竜之介が踏み込み、数人の捕方がつづいた。捕方たちは、十手や刺股などの捕具を手にしている。

安次郎はいきなり入ってきた竜之介と捕方たちを見て、一瞬凍りついたように身を硬くしたが、

「火盗改か！」

と、叫びざま立ち上がった。そして、素早い動きで座敷の奥にあった神棚に手を伸ばし、匕首をつかんだ。

女は、ヒイッ、と喉を裂くような悲鳴を上げた。手にした盆を取り落とし、畳を這って座敷の隅に逃げた。

竜之介は手した刀を峰に返し、安次郎の前に立った。斬らずに、生きたまま捕ら

えるつもりだった。

捕方たちは女にはかまわず、安次郎を取り囲むようにまわり込み、突棒や刺股などを安次郎にむけた。

安次郎は匕首を前に突き出すように構え、

「殺してやる!」

と叫びざま、竜之介にむかってつっ込んできた。必死の攻撃である。

一瞬、竜之介は右手に跳びざま、刀身を袈裟に払った。

安次郎の匕首は、竜之介の左袖をかすめて空を突き、袈裟に払った竜之介の刀は、前にのびた安次郎の右の前腕をとらえた。

グワッ!

と、呻き声を上げ、安次郎は手にした匕首を取り落として、前によろめいた。そこへ、捕方たちが走り寄り、突棒や刺股などをふるって安次郎を取り押さえた。

「縄をかけろ!」

戸口にいた横田が、捕方たちに命じた。

すぐに、捕方たちは、安次郎を押さえ付けて早縄をかけた。このとき、座敷の隅でへたりこんでいた下働きの女にも捕方が近付き、縄をかけようとした。

「女は放っておけ」

横田が捕方たちに言った。

横田は、捕らえた安次郎を捕方たちが家の外に連れ出してから、

「島根、後を頼むぞ。安次郎を連れて、花川戸町まで来てくれ。おれたちは先に行って、芝蔵たちを捕らえる」

と、そばにいた島根に指示した。

「承知しました」

島根は答え、数人の配下に声をかけて、その場に集めた。

横田は竜之介に目をやり、

「花川戸町に、むかうぞ！」

と、捕方たちにも聞こえる声で言った。

竜之介と横田が先にたち、捕方の一隊は大川端の道を花川戸町にむかった。横田に率いられた捕方の一隊は、駒形堂の脇を通り、大川にかかる吾妻橋のたもとに出た。

「この先です」

竜之介が横田の脇に出て言った。

横田は無言でうなずき、捕方たちに川沿いの道を進むよう指示した。捕方の一隊は、大川端の通りをさらに川上にむかった。そして、一膳めし屋の手前まで来ると、竜之介が声をかけて一隊の足をとめ、

「そこの店です」

と横田に言って、小料理屋だった借家を指差した。

そのとき、路傍の樹陰から風間と平十が走り寄った。千次と寅六の姿はなかった。どこかで、小料理屋だった家を見張っているのだろう。

「どうだ、芝蔵と立沢は、いるか」

竜之介が風間に訊いた。

「います。芝蔵たちは、まだ捕方に気付いていないようです」

風間が言うと、竜之介のそばにいた横田が、

「店の裏手は、どうなっている」

と、訊いた。

「背戸がありますが、先に駆け付けた捕方がかためています」

風間は連れてきた捕方たちに、家の背戸をかためさせたらしい。

竜之介は、近くに姿のない千次と寅六も背戸にまわっているとみた。

「ならば、表から踏み込む」

横田が、背後にいた捕方たちに目をやって言った。

竜之介と風間が先にたち、横田と捕方たちがつづいた。捕方の一隊は、通りを横切ると家の戸口に近付いた。

戸口は格子戸になっていた。家のなかからかすかに話し声が聞こえた。男たちの声である。竜之介は、ひとりが武家言葉だったので、すぐに立沢と分かった。もうひとりは、くぐもったような声で話したが、町人であることが知れた。おそらく、芝蔵であろう。

「開けます」

竜之介が声を殺して言い、戸口の格子戸をあけた。

戸口の先が、土間になっていた。その奥に、小上がりがあった。小上がりで、男がふたり酒を飲んでいた。立沢と町人体の大柄な男だった。

「捕方か！」

立沢が叫んだ。

大柄な男は腰を上げ、戸口にいる竜之介たちに顔を向けた。目がつり上がり、顔が赭黒く染まっている。

「芝蔵だぞ！」

竜之介が声を上げた。大柄な男の頬に火傷の痕があったのだ。

竜之介につづいて、戸口にいた横田が、

「ふたりを捕らえろ！」

と、捕方たちに声をかけた。

十手や刺股などを手にした捕方たちが、次々に土間に踏み込み、御用！　御用！

と声を上げた。

「つかまって、たまるか！」

芝蔵が立ち上がり、座敷の隅に置いてあった長脇差を手にした。

立沢も傍らに置いてあった大刀をつかんで、立ち上がった。そして、抜刀すると、
切っ先を捕方たちにむけ、

「踏み込んできてみろ！　おれが、首を落としてくれる」

と、叫んだ。立沢の全身に気勢が満ち、いまにも斬り込んできそうな気配があった。

捕方たちは立沢の気魄に押され、その場に立ったまま二の足を踏んでいる。

これを見た竜之介は、立沢の前に出て、

「立沢、勝負だ！」

と言って、切っ先をむけた。竜之介は、立沢の遣う隠し剣と称する技と勝負したいと思った。それに、芝蔵から立沢を引き離したかった。そのためには、立沢を外に連れ出さなければならない。

「おれの隠し剣、受けてみるか」

立沢が、切っ先を竜之介にむけた。

**7**

「立沢、表に出ろ！」

竜之介が立沢に声をかけた。

狭い座敷では、立沢と勝負できなかった。それに、この場でやり合えば、何人もの捕方が巻き添えを食うだろう。

立沢は、戸惑うような顔をした。いま、この場から外に出れば、後に残された芝蔵は難なく捕方に押さえられる。

「ここで、やる気か」

竜之介は切っ先を立沢にむけたが、間合をつめなかった。外に出るための間をとっておいたのだ。

「よかろう」

立沢は、竜之介に体をむけたまま戸口の方へ移動した。

これを見た芝蔵は顔をしかめ、

「おれも、外へ出る！」

と言って、戸口の方へ動こうとした。

そこへ、捕方たちが踏み込み、刺股（さすまた）や突棒などの長柄（ながえ）の捕具をむけて、芝蔵の前に立ち塞（ふさ）がった。

「ちくしょう！　皆殺しにしてくれる」

芝蔵が叫び、手にした長脇差の切っ先を捕方たちにむけた。

そのとき、戸口から裏手にまわっていた風間が捕方たちを連れて、座敷に入ってきた。捕方たちが、捕縛したふたりの男を連れていた。五郎造と峰吉らしい。裏手の座敷にいたふたりを捕らえたのであろう。

風間は、ふたりを捕らえた後、表の座敷で捕物が始まったのを知って、駆け付けたようだ。

「芝蔵を捕れ！」

風間が捕方たちに声をかけた。

御用！

御用！

と、捕方たちが声を上げ、十手や長柄の捕具を手にして、ひとりになった芝蔵を取り囲んだ。

竜之介は小料理屋の前の通りで、立沢と対峙していた。

何人かの捕方がふたりを取り囲んでいたが、竜之介たちから大きく間をとっていた。ふたりの気魄に押されて近付けなかったこともあるが、下手に立沢に近付くと斬られると思い、近寄れなかったのである。

竜之介と立沢の間合は、およそ三間――。まだ、一足一刀の斬撃の間境の外である。

竜之介は青眼に構えていた。立沢も相青眼にとっている。

だが、立沢はすぐに構えを変えた。すこし身を引いて竜之介との間合をひろげてから、青眼の構えから切っ先を引いて、脇構えにとった。

……隠し剣か！

竜之介は胸の内で声を上げた。

通常の脇構えとは、ちがう構えだった。左足を大きく前に出して、足幅をひろくとり腰を沈めた。刀身を引いて、切っ先を後ろにむけている。

竜之介は、立沢の刀身を見ることができなかった。見えるのは、刀の柄だけだった。まさに、隠し剣である。

竜之介は刀身をすこし下げ、剣尖を立沢の喉元につけた。そして、気を静め、立沢との間合と斬撃の起こりをとらえようとした。

ふたりは全身に気勢を込め、斬撃の気配を見せて敵を攻めていたが、動かなかった。気魄で攻め合っていたのである。

どれほどの時が経ったのか、ふたりに時間の経過の意識はなかった。

ふいに、立沢の全身に斬撃の気配が見えた。

「いくぞ！」

立沢が声をかけ、足裏を摺るようにして、ジリジリと間合をつめてきた。

竜之介は、動かなかった。低い青眼に構えたまま、立沢の気の動きと間合を読んでいる。

……斬撃の間境まで、あと一歩！

竜之介がそう読んだときだった。

家の戸口から風間をはじめ、何人かの捕方たちが出てきた。

その捕方たちの間から、「芝蔵を捕ったぞ！」、「押し込みの頭目を捕った！」などという声が、聞こえた。

ふいに、立沢の寄り身がとまった。そして、脇構えにとったまま後じさり、竜之介との間合があくと、

「勝負、預けた！」

と叫び、反転した。そして、刀身を引っ提げたまま川下の方にむかって走りだした。芝蔵が捕らえられたことを知って、逃げる気になったようだ。

竜之介は、慌てて立沢の後を追った。

このとき、通りの川岸近くで、ふたりの勝負を目にしていた捕方たちが、立沢の行く手に立ち塞がろうとした。

「斬るぞ！」

立沢は威嚇するように刀を振り上げ、前に立ち塞がった捕方たちに迫った。

捕方たちは、立沢の気魄と剣鬼を思わせるような顔付きに圧倒され、手にした捕具を立沢にむけたまま後じさった。

立沢は、捕方の間を駆け抜けた。

「待て！」

竜之介は、立沢の後を追って走った。数人の捕方も捕具を手にしたまま追った。

だが、立沢の逃げ足は速かった。竜之介たちとの間はひらくばかりである。それに、吾妻橋のたもとが近くなると、人通りが多くなり、追うのがむずかしくなった。

「逃げられた！」

竜之介は足をとめた。

立沢の後を追っていた捕方たちも、諦めて追うのをやめた。

竜之介は後を追った捕方たちとともに、芝蔵たちが隠れ家にしていた家の前にもどった。横田をはじめ、大勢の捕方が家の前に集まっていた。風間や平十たちの姿も見えた。横田の前に、捕らえられた芝蔵のほかにふたりの男の姿があった。

五郎造はずんぐりした体軀だった。峰吉は痩せている。

「御頭、立沢に逃げられました」

竜之介が肩を落として言った。

「まァ、よしとせねばなるまい。こうして、芝蔵を捕らえたのだ」

横田がそう言ったとき、近くにいた捕方が、

「島根さまだ！　安次郎を連れてきたぞ」

と、声を上げた。

竜之介が通りに目をやると、与力の島根に率いられた捕方の一隊が見えた。縄をかけられた安次郎の姿も見える。

これを見た横田が、

「安次郎も捕らえたのだ」

と言って、表情をやわらげた。

# 第六章　隠し剣

## 1

浅草で芝蔵、安次郎、五郎造、峰吉の四人を捕らえた翌日、竜之介は五人の密偵を瀬川屋の離れに集めた。

竜之介は、無念でならなかった。あれほど大勢の捕方で、芝蔵たちがひそんでいた隠れ家を取り囲んでおきながら、まんまと立沢に逃げられたのだ。しかも、竜之介は現場で立沢を討ち取るために立ち合ったのである。

竜之介は平十たち五人の密偵を前にし、

「何としても、立沢はおれの手で討ち取りたい」

と、言った。竜之介は、当初から立沢を捕縛するのは難しいとみていた。剣に生きてきた者は、縄を受ける前に死を選ぶからだ。それで、立沢と勝負して討ち取るつもりでいたのだ。

平十たち五人の密偵は、厳しい顔をして口をつぐんでいた。竜之介の胸の内が分かったのである。

「まず、立沢の居所を突きとめねばならぬが、どこか心当たりはあるか」

竜之介が、五人の密偵に目をやって訊いた。

五人はいっとき口をつぐんでいたが、

「ありやす」

と、無口な茂平が、めずらしく語気を強くして言った。

「どこだ」

すぐに、竜之介が訊いた。

「本所でさァ」

ぼそりと、茂平が言った。

「本所の隠れ家にもどった、とみているのか」

立沢は、以前本所相生町四丁目の借家に住んでいた。茂平と寅六がその借家をつきとめたとき、立沢はその借家から出ていた。立沢は、借家を出た後、頭目の芝蔵の住む浅草の家に身を隠したのだ。

「やつの居場所は、本所の借家しかねえはずだ」

茂平が、つぶやくような声で言った。

「あっしも、本所の借家にもどったような気がしやす」

寅六が身を乗り出すようにして言った。

「そうかもしれん」

竜之介も、立沢は本所の借家にもどっているような気がした。

「行ってみやすか」

平十が言った。

「そうだな」

竜之介は、本所の借家に立沢がいるかどうか、確かめてみようと思った。

「あっしが、舟を出しやす」

平十が、舟で行けば、ほとんど歩かずに相生町四丁目まで行けることを話した。

竜之介は、立沢を討つのに五人も密偵を同行することはないと思い、千次とおこんはその場で帰した。

瀬川屋の桟橋に舫(もや)ってあった舟に乗り込んだのは、竜之介、平十、茂平、寅六の四人だった。立沢の隠れ家を見張っていたのは茂平と寅六だし、平十は舟を出してもらうために欠かせなかったのだ。

竜之介たちの乗る舟は、瀬川屋の桟橋を出ると水押しを対岸の本所方面にむけた。そして、両国橋の下をくぐり、竪川に入った。

竪川を東にむかって行くと、川の北側に相生町一丁目から二丁目、三丁目……と、五丁目まで順につづいている。

平十は、相生町四丁目近くにあった船寄に舟をとめた。竜之介、茂平、寅六の三人が先に舟を下り、平十が舟を舫い杭に繋ぐのを待って、川沿いの通りに出た。

「こっちで」

寅六が先にたった。

寅六は二ツ目橋のたもと近くまで行き、左手の路地に入った。ぽつぽつと行き交う人の姿があった。路地沿いに小体な店が並んでいる。

いっとき路地を進むと、店はすくなくなり、古い仕舞屋や雑草に覆われた空き地などが目立つようになった。

空き地の前まできたとき、寅六が路傍に足をとめ、

「そこの手前の家でさァ」

と言って、斜向かいにある古い家を指差して言った。家は二軒並んでいた。同じ造りなので、二軒とも借家であろう。

「立沢はいるかな」

竜之介が、手前の家に目をやって言った。

「見てきやす」

茂平が低い声で言って、その場を離れた。

茂平は通行人を装って、手前にある借家に近付いた。戸口の前まで来て足をとめ、聞き耳をたてると、家のなかでかすかに物音がした。

……だれかいる！

茂平は胸の内でつぶやき、スッ、と家の脇へ身を寄せた。ひととは思えないような素早い動きだった。

茂平は、「蜘蛛の茂平」と呼ばれていた独り働きの盗人だった男である。家のなかを探ることに慣れていた。

茂平は路地を通る人からは見えない場所に身を寄せ、聞き耳をたてて家のなかの物音を聞き取ろうとした。

……ひとりだな。

茂平は、家のなかの物音から、いるのはひとりとみてとった。それだけでなく、重い足音から、大人の男がいることも知った。ただ、その男が、何者なのかは分からない。

茂平は音をたてないように忍び足で家沿いに歩き、畳を踏む音のする部屋へ近付いた。そして、たててあった雨戸の節穴からなかを覗いた。

……立沢だ！

茂平は胸の内で声を上げた。

立沢は小袖に角帯姿で、座敷の隅に立っていた。脇に長持ちがあり、その上に袴が置いてあった。衣桁替わりに、袴を置いたのかもしれない。

立沢は、袴を手にした。袴の裾を伸ばして、穿こうとしている。どこかへ出かけるつもりかもしれない。

茂平は、足を忍ばせてその場から路地にもどった。

## 2

「立沢は、家にいやす」

茂平は竜之介と顔を合わせると、すぐに言った。

「ひとりか」

竜之介が訊いた。

「へい」

茂平は、立沢が出かけようとしていることを言い添えた。

「家から出てくるのか。ちょうどいい」

竜之介は素早く袴の股立ちを取り、立沢のいる家にむかった。茂平、寅六、平十の三人は、竜之介の後についてきた。

「いいか、おれが斬られても、立沢に手を出すな。すぐに、この場を離れ、風間に知らせるのだ」

竜之介は、茂平、寅六、平十の三人でかかっても、立沢を捕らえることはできないとみていた。それだけでなく、ここで立沢に手を出せば、まちがいなく斬られるだろう。

茂平たち三人は、何も言わなかった。顔を厳しくしただけである。

竜之介は借家に近付くと、路傍に足をとめ、

「ここまででいい」

と言って、茂平たちをとめた。

竜之介は、ひとりで立沢のいる家の戸口に近付いた。板戸がしまっていた。板戸に身を寄せると、かすかに物音がした。畳の上を歩くような音である。

竜之介は、板戸に手をかけて引いた。板戸は重い音をひびかせてあいた。敷居の先は、土間になっていた。

竜之介は土間に踏み込んだ。家のなかは、薄暗かった。土間につづいて狭い板間があり、その先が座敷になっていた。

座敷のなかほどに人影があった。立沢である。立沢は小袖に袴姿で、大刀を手にしていた。

立沢は、いきなり土間に入ってきた竜之介を見て、驚いたような顔をしたが、

「よく、ここが分かったな」

と言って、手にした大刀を腰に差した。

「どこへ行こうと、逃がしはせぬ」

竜之介が、立沢を見すえて言った。

「おぬし、ひとりか」

立沢が、戸のあいたところから外に目をやって訊いた。

「ひとりだ」

「おれに斬られにきたのか」

立沢の口許に、薄笑いが浮いた。

「おぬしの遣う隠し剣、おれが破る」

そう言って、竜之介は後じさり、立沢に体をむけたまま敷居を跨いで外に出た。

立沢も、ゆっくりとした足取りで外に出てきた。大刀だけ腰に差している。

竜之介と立沢は路地に出て、三間半ほどの間合をとって対峙した。路地を通りかかった男が悲鳴を上げて逃げ、竜之介たちから離れた。そして、路傍に立ったまま、竜之介たちに目をやっている。

このとき、平十、茂平、寅六の三人は、借家からそれほど離れていない路傍の樹陰に身を隠していた。竜之介と立沢の闘いの様子を見て、飛び出すつもりらしい。

竜之介は立沢と向き合い、

「立ち合う前に、おぬしに訊いておきたいことがある」

と、声をあらためて言った。

「なんだ」

「おぬしほどの腕がありながら、なにゆえ、盗賊の一味にくわわったのだ」

「剣では、食っていけぬからな」

立沢が、自嘲するように言った。

「芝蔵とは、どこで知り合ったのだ」

「たまたま、花川戸町の小料理屋で、芝蔵と顔を合わせたのだ。そこで、飲んでいるうちに話すようになった」

立沢が掻い摘まんで話したことによると、当初、芝蔵は盗賊であることはおくびにも出さなかったという。ただ、飲み代は芝蔵が出し、別れ際に、また近くに来たときは、声をかけてくれ、と言ったそうだ。

「その後、芝蔵と顔を合わせたときに、仲間にならないかと誘われてな」

立沢はそこまで話すと、「おれの話は済んだ。次は、おぬしを斬ることだな」そう言って、刀を抜いた。

「おぬしに残されているのは、ここで命を断つことだ」

言いざま、竜之介も刀を抜いた。

ふたりの間合は、およそ三間半——。遠間だった。一足一刀の斬撃の間境まで、数歩ある。

竜之介は青眼に構え、剣尖を立沢の目線につけた。どっしりと腰が据わり、隙がなかった。

対する立沢も相青眼に構えたが、相手を威圧するような気魄がなかった。それに、花川戸町で立ち合ったときとちがい、立沢はすぐに構えを変えなかった。立沢は青眼に構えたまま、動こうとしない。

……立沢は、足場を確かめている。

と、竜之介はみた。

路地は狭かった。それに、足場が悪かった。砂利や石がころがっている。下手に動くと、足をとられそうだ。

「いくぞ!」

ふいに、立沢が声をかけ、全身に気魄を込めた。足場を確かめ、勝負する気になったらしい。

オオッ!

竜之介が声を上げた。

## 3

竜之介と立沢は、動かなかった。およそ三間半の間合をとったまま、相青眼に構え合っている。一足一刀の斬撃の間境まで、かなりあった。

竜之介は、間合を詰めようとした。そのとき、立沢が動いた。すこし身を引き、青眼の構えから切っ先を後ろに引いて、脇構えにとった。

……隠し剣でくる！

と、竜之介は察知した。

さらに、立沢は構えを変えた。左足を大きく前に出して足幅をひろくとり、腰を沈めた。そして、切っ先を背後にむけた。隠し剣の構えである。

竜之介には、立沢の刀身を見ることができなくなった。見えるのは、立沢が握った刀の柄（つか）の一部である。

竜之介に、驚きはなかった。すでに立沢と二度対戦し、隠し剣と呼ばれる構えを目にしていたからだ。

竜之介は以前立沢の隠し剣と対峙したときと同じように、剣尖をすこし下げて、立沢の喉元につけた。低い脇構えに対応するためである。

ふたりは、およそ三間半の遠間にとったまま、全身に気勢を込め、斬撃の気配を見せて気魄で攻めあっていた。

先をとったのは、立沢だった。

「いくぞ！」

と、立沢が声をかけて、間合をつめ始めた。足裏を擂るようにして、ジリジリと間合を狭めてくる。

対する竜之介は、動かなかった。剣尖を立沢の喉元につけたまま立沢との間合と斬撃の気配を読んでいる。

立沢は、竜之介に迫ってきた。ふたりの間合が狭まるにつれ、立沢の全身に気勢が満ち、斬撃の気配が高まってきた。

……斬撃の間境まで、あと半間。……あと、一歩！

竜之介は低い青眼に構えたまま、胸の内で立沢との間合を読んでいた。

そのとき、かすかに立沢の柄頭が動き、全身に斬撃の気配が高まった。

くる！

竜之介が感知したとき、突如、立沢の全身に斬撃の気がはしった。

イヤアッ！

裂帛の気合と同時に、立沢の全身が膨れ上がったように竜之介の目に映った。

次の瞬間、立沢の脇から閃光が横一文字に疾った。稲妻のような斬撃である。

一瞬、竜之介は後ろに身を引いた。体が勝手に反応したのだ。

立沢の切っ先が、竜之介の腹のあたりをとらえた。

竜之介の小袖の腹の辺りが横に裂け、腹の一部があらわになった。だが、血の色はなかった。立沢が刀を横に払った瞬間、竜之介が身を引いたため、立沢の切っ先で腹を裂かれずに済んだのだ。

ふたりは、ふたたび三間ほどの間合をとって対峙した。

竜之介は低い青眼。立沢は腰を沈め、刀身を引いて、隠し剣と称する低い脇構えをとった。

「よく、かわしたな」

立沢が、竜之介を見据えてつぶやいた。竜之介にむけられた双眸が、光を映じた切っ先のように炯々とひかっている。

「隠し剣か！」

竜之介が、立沢を見すえて言った。

「次は、うぬの腹を裂く」

ふたりの間合は、三間ほどだった。さきほどの間合より、半間ほど近かった。

ふたりは、相青眼に構えあった。だが、立沢はすぐに切っ先を引いて脇構えにとり、腰を沈めた。そして、切っ先を背後にむけて隠し剣の構えをとった。

対する竜之介は、青眼に構えて剣尖を立沢の喉元につけた。さきほどの構えと、同じである。

立沢は全身に気勢を漲らせ、斬撃の気配を見せて気魄で攻めていたが、また立沢が先をとった。足裏を摺るようにして、竜之介との間合を狭め始めた。だが、さきほどより寄り身が速かった。

竜之介は青眼に構えたまま、立沢との間合と斬撃の起こりを読んでいる。

ふいに、立沢の寄り身がとまった。まだ、斬撃の間境まで、半間ほどある。立沢は全身に気勢を込め、斬り込んでくる気配を見せた。斬撃の間境を越える前に、竜之介の気を乱そうとしたらしい。

竜之介は、気を静めて立沢の動きを見つめている。

立沢の顔に苛立った表情が浮き、肩先がかすかに揺れた。感情の昂りで、体が硬くなっているのだ。

この機を、竜之介がとらえた。全身に気勢を込め、斬撃の気配を見せて半歩踏み込みざま、青眼に構えた切っ先をわずかに突き出した。

斬り込む、とみせた誘いである。この誘いに、立沢が反応した。

イヤアッ！

立沢は裂帛の気合を発し、一歩踏み込みながら刀身を横一文字に払った。

この太刀筋を読んでいた竜之介は、一歩身を引いて立沢の切っ先をかわし、上体を前に倒すようにして突きをみまった。

竜之介の切っ先が、立沢の右肩を突き刺した。

次の瞬間、竜之介は大きく背後に跳んで立沢との間合をとり、青眼に構えた。

立沢は脇構えにとったが、刀身を背後に引いて隠し剣の構えをとらなかった。顔をしかめて立っている。

立沢の右肩が血に染まり、右腕が震えていた。腰が浮き、構えに隙があった。

「立沢、勝負あった。刀を引け！」

竜之介が声高に言った。

「まだだ！」

立沢は声を上げ、脇構えにとったまま間合をつめてきた。

竜之介は青眼に構え、剣尖を立沢の目線につけた。

……捨て身でくる！

と、竜之介はみてとった。

立沢は気攻めも牽制もせず、脇構えにとったまま一気に間合を狭めてきた。

そして、一足一刀の斬撃の間境を越えるや否や、

「死ね！」

と叫びざま、脇構えから刀身を横に払った。

すかさず、竜之介も、身を引きざま刀身を袈裟に払った。神速の太刀捌きである。

立沢の切っ先は、竜之介の腹をかすめて空を切り、竜之介の切っ先が、立沢の左肩から胸にかけて深く斬り裂いた。

グワッ！　という呻き声を上げて、立沢がよろめいた。肩口から血が激しく飛び散り、肩や胸を赤く染めた。

立沢は何かに爪先をひっかけたらしく、前方に頭からつっ込むように転倒した。

俯せに倒れた立沢は、両手を地面に突き、頭を擡げて身を起こそうとしたが、すぐにぐったりとなった。

立沢は俯せになったまま、四肢を動かしていたが、いっときすると力尽きて動かなくなった。

竜之介は血刀を引っ提げたまま立沢のそばに立ち、絶命したのを知ると、

……何とか、隠し剣を破った。

と、胸の内でつぶやいた。

竜之介が懐紙を出して血刀を拭い、納刀したところに、茂平、寅六、平十の三人が、走り寄った。

平十が、竜之介の足元に横たわっている立沢に目をやり、

「雲井の旦那は、強えや！」

と、感嘆の声を上げた。

寅六と茂平も、驚いたような顔をして立沢を見ていたが、

「死体は、どうしやす」

と、寅六が訊いた。

「このままにしておくと、通りの邪魔だな。借家まで運んでおくか。大家が、何とかするだろう」

「承知しやした」

寅六が言った。

竜之介は寅六たちといっしょに、立沢の死体を借家のなかに運んだ。

竜之介たち四人は借家から出ると、舟のとめてある船寄にむかった。竜之介は、胸の内で、今日は、ゆっくり休もう、とつぶやいた。立沢との闘いで、全身が綿のように疲れていた。

## 4

竜之介が御徒町にある自邸の座敷で寛（くつろ）いでいると、廊下を歩く足音がして障子があいた。姿を見せたのは、母親のせつである。

せつは、湯飲みを盆に載せて持っていた。茶を淹（い）れてくれたらしい。四ツ（午前十時）ごろであろうか。遅い朝餉（あさげ）を食べて、一刻（いっとき）（二時間）ほど経っていた。

せつは竜之介の前に座ると、

「お茶が、はいりましたよ」

と言って、湯飲みを竜之介の膝先（ひざさき）に置いた。

竜之介はいっとき茶を喫した後、

「父上は、出かけられたのですか」

と、訊いた。竜之介の父親、孫兵衛は朝餉のときはいたが、いつの間にか屋敷内から姿を消していた。

「また、碁ですよ」

そう言って、せつが溜め息をついた。

孫兵衛は老齢だが、矍鑠としていた。隠居した後、屋敷内に籠っていることはすくなく、庭いじりか、近所の碁敵の屋敷に出かけることが多かった。

「竜之介、また、瀬川屋に行っていたのかい」

せつが、眉を寄せて訊いた。

「これも、お役目ですから」

竜之介は立沢を討ち取り、芝蔵一味の始末がついたので、瀬川屋の離れを出て自邸にもどったのだ。竜之介が、自分の家にもどって三日目である。

「お役目といってもねえ。竜之介、おまえが屋敷を出ると、わたし、心細くて……」

せつが、涙声で言った。

「今度は大きな事件だったので、長く家を留守にしましたが、二度とこのようなことはありません」

そう言ったが、竜之介は胸の内で、次はもっと大きな事件が起こるかもしれないと思った。

「ねえ、竜之介、お願いがあるんだけど」

せつが、上目遣いに竜之介を見た。

「なんです」

「早く、嫁をもらって欲しいんです」

「嫁ですか」

竜之介は、苦笑いを浮かべた。ちかごろ、せつは竜之介と顔を合わせる度に、嫁の話を口にするのだ。

「竜之介、瀬川屋のお菊さんは、どうなの」

せつは、瀬川屋のお菊のことを知っていた。知っていると言っても、会ったことはない。竜之介や屋敷を訪れる風間から噂を耳にしていたのだ。

「瀬川屋の娘は、まだ子供ですよ」

「そんなことは、ありません。お菊さんは、十六ですからね。お嫁さんになっても、早いことはありません」

せつは、お菊の歳まで知っていた。

「そのうち、考えますよ」

竜之介が生欠伸を噛み殺してそう言ったとき、縁先に近寄ってくる足音がし、

「風間さまが、お見えです」

と、障子のむこうで、六助の声がした。

「すぐ、行きます」

せつが応えて、立ち上がった。

いっときすると、せつが風間を連れてもどってきた。風間は竜之介と対座するなり、

「雲井さまに、お知らせすることがあってまいりました」

と、小声で言った。

竜之介は、何かあったな、と察知し、

「母上、風間にも、茶を淹れてくれませんか」

と、頼んだ。母親に、座を外してもらいたかったのだ。

「これは、気付きませんでした。すぐに、お淹れします」

そう言って、せつは立ち上がり、盆を手にして座敷から出ていった。

竜之介は、せつの足音が遠ざかるのを待ち、

「風間、何があった」

と、身を乗り出すようにして訊いた。

「また、商家に盗賊が入りました」

風間が声をひそめて言った。

「なに、盗賊だと！」

思わず、竜之介の声が大きくなった。

「ふたり組の賊で、瀬戸物屋に入ったようです」

「ふたり組か」

竜之介の声が、平静になった。たいした賊ではない、と思ったのである。

「町方が、瀬戸物屋へ出向いたようです」

「町方は、こそ泥でも探索にあたるからな。それで、殺された者はいるのか」

竜之介が訊いた。

「いないようです」

「奪われた金は、どれほどだ」

「御用聞きから耳にしただけなので、確かかどうか分かりませんが、百両ほどだと

聞きました」

「百両な」

竜之介は、やはり、たいした事件ではない、と思った。

「念のため、雲井さまにお知らせしておこうと思い、お屋敷に伺ったのです」

そう言って、風間は視線を膝先に落とした。

「ところで、風間、捕らえた安次郎と芝蔵はどうなった。口を割ったか」

竜之介が訊いた。

安次郎と芝蔵は、捕らえられた後、横田屋敷に連れていかれた。横田はふたりが口をひらかなければ、拷問蔵で訊問するはずだ。

「当初、ふたりとも、口をひらかなかったようですが、横田さまに拷問蔵で責められ、話すようになったそうです」

「これで、芝蔵たちの三年ほど前の悪事もあきらかになるな」

竜之介は、闇風の芝蔵と呼ばれた悪党も、年貢の納め時がきたと思った。

そのとき、廊下を歩く足音がし、障子があいて、せつが姿を見せた。湯飲みをふたつ載せた盆を手にしていた。竜之介にも、新たに茶を淹れてくれたらしい。

せつは風間の脇に座し、

「風間どの、お茶がはいりましたよ」

と言って、風間の膝先に湯飲みを置いた。そして、竜之介の脇に座り、あらためて竜之介の膝先に湯飲みを置くと、その場に座り直した。竜之介と風間の話に、くわわるつもりらしい。

竜之介と風間が黙ったまま茶を飲んでいると、

「風間さま、何かありましたか」

せつが、先に口をひらいた。

「新たな事件が起こりまして、雲井さまにお知らせに上がったのです」

風間が、声をひそめて言った。

「帰ってきたばかりなのに、また、竜之介は家をあけるのですか」

せつは、眉を寄せて泣き出しそうな顔をした。

竜之介はせつの顔を見て、

「母上、此度は家をあけません」

と、きっぱりと言った。もともと、事件の探索にあたる気はなかったのである。

「よかった……」

せつが、涙ぐんで言った。

竜之介は、せつの顔を見て、

……おれも、そろそろ嫁をもらわねばならんな。

と、胸の内でつぶやいた。

本作品は、書き下ろしです。

#新火盗改鬼与力
##隠し剣

鳥羽 亮

平成30年 11月25日　初版発行

発行者●郡司 聡

発行●株式会社KADOKAWA
〒102-8177　東京都千代田区富士見2-13-3
電話　0570-002-301(ナビダイヤル)

角川文庫 21304

印刷所●旭印刷株式会社
製本所●本間製本株式会社

表紙画●和田三造


ISBN 978-4-04-107544-9　C0193

◇◇◇

# 角川文庫発刊に際して

角川源義

第二次世界大戦の敗北は、軍事力の敗北であった以上に、私たちの若い文化力の敗退であった。私たちの文化が戦争に対して如何に無力であり、単なるあだ花に過ぎなかったかを、私たちは身を以て体験し痛感した。西洋近代文化の摂取にとって、明治以後八十年の歳月は決して短かすぎたとは言えない。にもかかわらず、近代文化の伝統を確立し、自由な批判と柔軟な良識に富む文化層として自らを形成することに私たちは失敗して来た。そしてこれは、各層への文化の普及滲透を任務とする出版人の責任でもあった。

一九四五年以来、私たちは再び振出しに戻り、第一歩から踏み出すことを余儀なくされた。これは大きな不幸ではあるが、反面、これまでの混沌・未熟・歪曲の中にあった我が国の文化に秩序と確たる基礎を齎らすためには絶好の機会でもある。角川書店は、このような祖国の文化的危機にあたり、微力をも顧みず再建の礎石たるべき抱負と決意とをもって出発したが、ここに創立以来の念願を果すべく角川文庫を発刊する。これまで刊行されたあらゆる全集叢書文庫類の長所と短所とを検討し、古今東西の不朽の典籍を、良心的編集のもとに、廉価に、そして書架にふさわしい美本として、多くのひとびとに提供しようとする。しかし私たちは徒らに百科全書的な知識のジレッタントを作ることを目的とせず、あくまで祖国の文化に秩序と再建への道を示し、この文庫を角川書店の栄ある事業として、今後永久に継続発展せしめ、学芸と教養との殿堂として大成せんことを期したい。多くの読書子の愛情ある忠言と支持とによって、この希望と抱負とを完遂せしめられんことを願う。

一九四九年五月三日

# 角川文庫ベストセラー